Deseo™

D1111970

El príncipe seductor

Michelle Celmer

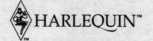

HARLEQUIN™

Editado por HARLEQUIN IBÉRICA, S.A.
Núñez de Balboa, 56
28001 Madrid

I.S.B.N.: 978-84-671-6870-9
Depósito legal: B-2008-2009
Editor responsable: Luis Pugni
Preimpresión y fotomecánica: M.T. Color & Diseño, S.L.
C/. Colquide, 6 portal 2 - 3º H. 28230 Las Rozas (Madrid)
Impresión y encuadernación: LITOGRAFÍA ROSÉS, S.A.
C/. Energía, 11. 08850 Gavá (Barcelona)
Fecha impresion para Argentina: 31.8.09
Distribuidor exclusivo para España: LOGISTA
Distribuidor para México: CODIPLYRSA
Distribuidores para Argentina: interior, BERTRAN, S.A.C. Vélez
Sársfield, 1950. Cap. Fed./ Buenos Aires y Gran Buenos Aires,
VACCARO SÁNCHEZ y Cía, S.A.
Distribuidor para Chile: DISTRIBUIDORA ALFA, S.A.

Capítulo Uno

Lizzy no se podía creer que estuviera haciendo aquello de verdad.

Lizzy Pryce subió los escalones del palacio sintiéndose como si estuviera entrando en un sueño. A través de las puertas dobles, que estaban abiertas, veía a los invitados moviéndose por el vestíbulo, ellas ataviadas con preciosos vestidos y ellos, de esmoquin. Había camareros con bandejas por todas partes, sirviendo delicados canapés y champán en copas alargadas. Oía a la orquesta tocando, la orquesta que ella misma había elegido. En aquellos momentos, estaba tocando un vals. No le costó mucho imaginarse a las parejas bailando, dando vueltas con elegancia, como si estuvieran moviéndose sin tocar el suelo.

Quería darse la vuelta e irse, pero había ido demasiado lejos, tenía que llegar hasta el final, así que haciendo acopio de valor se aproximó al guardia que estaba apostado en la puerta y le entregó su invitación. Normalmente a los empleados del palacio se les prohibía asistir a las fiestas reales, pero en aquella ocasión se estaba celebrando el quinientos aniversario de la isla de Morgan. Era la fiesta del siglo y, como ella tenía un puesto muy importante, era la ayudante personal de la reina, la habían invitado.

Claro que Lizzy había puesto mucho cuidado para que en la invitación constara su apellido de casada.

Aunque fuera un poco ridículo, no quería que nadie la reconociera. Quería sentirse una de ellos y, desde luego, lo parecía.

Normalmente, llevaba el pelo recogido en la nuca, pero ahora los tirabuzones rubios le caían sobre los hombros y por la espalda, en lugar de llevar gafas llevaba lentillas y había sustituido el traje de chaqueta por un impresionante y alquilado vestido dorado firmado por Charles Miele.

Estaba realmente preciosa.

El guardia buscó su apellido en la lista de invitados y le indicó que podía pasar.

Al entrar en el vestíbulo, todo el mundo comenzó a girarse para mirarla hasta que, en pocos segundos, tenía cien pares de ojos curiosos examinándola.

Al instante, se dijo que no debía emocionarse demasiado, pues era evidente que la miraban porque no sabían quién era.

Aun así, Lizzy se dio cuenta de que, sobre todo las miradas masculinas, hablaban de apreciación más que de curiosidad.

Con la cabeza muy alta, emprendió la marcha hacia el salón de baile. En el trayecto, saludó con la cabeza y devolvió sonrisas a gente que solamente había visto en las revistas o en la televisión. Se trataba de presidentes de gobierno, artistas de Hollywood y empresarios multimillonarios.

Desde luego, estaba fuera de su ambiente. El valor de las joyas que había allí habría servido para dar de comer al Tercer Mundo entero durante un año.

Para cuando llegó al otro lado del vestíbulo estaba muy nerviosa.

«Tengo tanto derecho como cualquiera de ellos a estar aquí», se dijo.

En aquel momento, pasó un camarero y Lizzy tomó una copa de champán y bebió. Las burbujas le hicieron cosquillas en la nariz. Ya sólo estaba a unos cuantos pasos de las puertas que conducían al salón de baile.

«Venga, entra», le dijo la voz de su conciencia.

Lizzy tomó aire profundamente y se obligó a avanzar. Atravesar aquellas puertas y entrar en el salón de baile fue como entrar en un mundo etéreo de cuento y fantasía en el que todo brillaba. Había parejas bailando y otras personas congregadas en grupos pequeños, tomando champán y charlando.

Era tal y como Lizzy lo había imaginado.

–Perdón –dijo una voz masculina a sus espaldas.

Al instante, Lizzy distinguió el acento estadounidense, dio otro trago al champán y, al girarse, estuvo a punto de escupirlo. Sí, era estadounidense y también el príncipe de la isla de Morgan, el hermanastro ilegítimo del rey, medio cuñado de la reina, su jefa.

Aquel hombre era guapísimo y rico, pero también arrogante y encantador. De todos los que había allí, era el que estaba más fuera de su alcance.

–Me parece que no nos conocemos –comentó.

Lizzy pensó que le estaba tomando el pelo, pero pronto se dio cuenta, por su mirada de curiosidad, de que realmente no la había reconocido. Tampoco se habían visto en demasiadas ocasiones, sólo un par de veces por los pasillos y él apenas la había mirado. ¿Por qué lo iba a hacer? Sólo era una empleada.

–No, creo que no nos conocemos –contestó Lizzy.

–Ethan Rafferty –se presentó el príncipe alargando la mano.

Cuando Lizzy se la entregó, en lugar de estrechársela, el príncipe se inclinó y se la besó de manera seductora. Lizzy no se sorprendió. No sabía mucho de aquel príncipe, pero sabía que era un soltero de oro al que le gustaban mucho las mujeres.

Había oído los comentarios de la reina sobre su escandalosa vida personal y también había oído al rey quejarse de la falta de respeto que Ethan mostraba por sus costumbres y políticas reales. Por ejemplo, en aquella ocasión, Ethan llevaba esmoquin en lugar del uniforme real. Lucía el pelo peinado hacia atrás, dejando bien visible su rostro, aquel rostro que se parecía tanto al de su hermano.

En aquellos momentos, todo el mundo del palacio hablaba de la reciente aceptación de aquel hombre en la familia real y en sus negocios.

Lizzy no podía negar que le estaba gustando cómo la estaba mirando, pues aquel hombre era el epítome de la perfección masculina y olía de maravilla, exactamente como debería oler un príncipe y multimillonario.

Su ex marido, que también había sido muy guapo y que también olía muy bien, no había tenido sin embargo los millones de dólares ni la motivación necesaria para ganarlos y, al igual que el príncipe, había resultado ser un mujeriego arrogante.

–Encantada de conocerlo, alteza –contestó Lizzy porque aquel hombre era miembro de la realeza.

–Prefiero que me llame Ethan –contestó el aludido.

Lizzy estaba segura de que, si supiera quién era ella en realidad, no se mostraría tan encantador.

Lizzy decidió que había llegado el momento de ir a hablar con otro invitado que no estuviera tan fuera de su ambiente y en contra del protocolo, ya que los empleados de palacio tenían completamente prohibido mantener relaciones íntimas con los miembros de la familia real.

–Ha sido un placer conocerlo –se despidió haciéndole una reverencia y caminando en dirección opuesta.

–No recuerdo su nombre –le dijo Ethan desde atrás.

Lizzy sintió que el corazón se le caía a los pies. Maldición. ¿Tanto le costaba a aquel hombre ver que no quería nada con él?

–Será porque no se lo he dicho en ningún momento –contestó dejando su copa de champán y tomando otra.

–¿Y eso? –insistió Ethan colocándose de nuevo a su lado.

Lizzy dio un buen trago al champán para tomar fuerza. Una persona inteligente no se mostraba grosera con la realeza, pero por otra parte, ya iba siendo hora de que alguna mujer pusiera en su lugar a aquel hombre.

–Porque no es usted mi tipo –le dijo.

–Mentirosa –contestó él riéndose.

Lizzy se paró en seco.

–¿Perdón?

–Míreme bien y dígame qué es lo que hay en mí que no le gusta –la desafió Ethan.

Lizzy no sabía si estaba de broma o realmente

tenía una opinión tan alta de sí mismo. ¿De verdad podía ser tan arrogante?

–¿Ese comentario tan patético le suele dar resultado?

El aludido sonrió de manera sensual y Lizzy sintió que el corazón le daba un vuelco.

–Lo sabremos en breve.

Aquel hombre era adorable y lo sabía y Lizzy sabía perfectamente que darle su nombre era un gran error, pero lo hizo para ver si perdía interés y la dejaba en paz.

–Lizzy –contestó.

En el trabajo, todo el mundo la conocía por Elizabeth y, por supuesto, en lugar de Pryce, el apellido de soltera que había vuelto a utilizar nada más divorciarse, le dio el de casada.

–Lizzy Sinclaire.

–¿Me haría usted el honor de concederme este baile, señorita Sinclaire?

–Prefiero que me llame Lizzy –contestó la aludida rápidamente, pues odiaba que la llamaran por el apellido de su ex marido.

–Muy bien, Lizzy.

–Y no, no le voy hacer el honor de bailar con usted porque ya le he dicho que no es mi tipo.

El príncipe no se sintió insultado ni descorazonado sino que sonrió todavía más.

–No le estoy pidiendo que se case conmigo. Es sólo un baile. A no ser, claro, que no sepa usted bailar...

Lizzy había ido a clases de baile de salón con su ex marido hacía varios años. Transcurrido un tiempo se había enterado de que él también le había estado dando clases, pero más personales, a la instructora.

–Me ha descubierto –bromeó Lizzy–. Por favor, si me perdona –añadió despidiéndose de él con la cabeza y caminando en dirección al vestíbulo.

«Por favor, que no me siga, que no me siga», rezó.

–Si quiere, yo le puedo enseñar –insistió Ethan.

Lizzy maldijo en silencio. Lo tenía al lado otra vez.

–No, le podría pisar y estropearle los zapatos.

–No sería la primera vez –contestó Ethan encogiéndose de hombros.

–¿Por qué se empeña en bailar con una mujer que no quiere bailar con usted?

Ethan volvió a dirigirle aquella sonrisa arrebatadora y Lizzy sintió que se estremecía de pies a cabeza.

–Porque la mujer en cuestión es la más guapa de la fiesta.

Desde luego, a aquel hombre se le daba bien ligar. Había estado a punto de convencerla de su sinceridad. Menos mal que Lizzy sabía que los hombres como él se dedicaban a decir cosas así para cautivar a las mujeres, pero no las trataban como si fueran personas sino objetos de conquista.

–No me parece buena idea –le dijo terminándose la segunda copa de champán.

Ethan tomó la copa de sus manos y la dejó en la bandeja de un camarero que pasaba por allí.

–Por favor, sólo un baile.

Lizzy pensó que no debía de ser muy normal que un hombre como él pidiera las cosas por favor, pero por otra parte, sonaba sincero. Aquello la hizo dudar y el ligero mareo que sentía a causa del champán tampoco la estaba ayudando lo más mínimo.

Le habría bastado con decirle quién era en realidad para que aquel hombre hubiera perdido el interés, pero no lo hizo. ¿Cuántas veces en la vida se tenía la suerte de que un príncipe se interesara por una? ¿Y qué daño le podía hacer un baile? Aunque alguien la reconociera, siempre podía decir que estaba siendo educada.

–Muy bien –accedió–. Un baile –remarcó.

Ethan le ofreció el brazo y la condujo hacia la pista de baile. Lizzy miró nerviosa a su alrededor. La reina, la única persona capaz de reconocerla, no estaba a la vista.

Ethan la tomó entre sus brazos y Lizzy experimentó un delicioso escalofrío de deseo del que responsabilizó al champán porque jamás se sentiría sexualmente atraída por un mujeriego arrogante como aquél.

Le daba igual que fuera propietario de varios complejos hoteleros que le habían hecho millonario.

Mientras bailaban el vals, Lizzy pensó que el príncipe no bailaba nada mal.

–Tal y como dije al principio, es usted una mentirosa –comentó Ethan de repente–. Mis zapatos están perfectos. Veo que no es la primera vez que baila.

–No –admitió Lizzy pensando que él tampoco era la primera vez que bailaba.

–¿A que le está gustando bailar conmigo?

Sí, claro que le estaba gustando, le estaba gustando tanto que, cuando terminó aquel vals y comenzó otro, Lizzy no se apartó. Aun así, no estaba completamente relajada. Una cosa era un baile, pero ¿dos? ¿Por qué no le había dicho quién era? Debería decírselo.

–No he visto a la reina –comentó–. ¿No ha venido?

–¿Por qué? ¿Quiere conocerla?

–No, es sólo por curiosidad.

–Supongo que estará descansando. Está embarazada y dará a luz en breve.

–Sí, eso he oído –contestó Lizzy profundamente aliviada al saber que la reina Hannah no estaba por allí.

Por supuesto, sabía que el médico le había aconsejado reposo cuando había comenzado a quejarse de dolores de espalda regulares e intensos. De hecho, Lizzy se pasaba el día diciéndole que descansara, que pusiera los pies en alto y que se relajara un poco, exactamente igual que la reina se pasaba el día diciéndole a ella que no trabajara tanto, que se tomara unos días de vacaciones y que se lo pasara bien, pero trabajar diez o doce horas al día era la excusa perfecta para no tenerse que enfrentar al hecho de que no tenía vida.

–¿Está contento ante la idea de ser tío? –le preguntó a Ethan.

El príncipe se encogió de hombros.

–Supongo que sí.

Desde luego, no parecía muy emocionado.

–¿No le gustan los niños?

–Los niños me encantan. El que no me gusta tanto es el padre de este niño en cuestión.

Lizzy sabía que Ethan y el rey no se llevaban muy bien, pero no sabía que Ethan sintiera tanta animosidad hacia su hermanastro. Como le encantaban los cotilleos, fingió que no se había dado cuenta de que ya habían pasado al tercer baile.

–¿Rivalidad entre hermanos? –lo interrogó.

–No es mi hermano. Simplemente, tenemos la desgracia de compartir unos cuantos cromosomas.

Eso es todo lo que tenemos en común –contestó Ethan acercándose un poco más a su cuerpo.

Lo tenía tan cerca ahora que sentía el calor que irradiaba a través de la ropa. Aquello hizo que el corazón comenzara a latirle aceleradamente. Se sentía como una princesa, dando vueltas alrededor de la pista de baile con la elite mundial como si de verdad formara parte de todo aquello, como si fuera una de ellas.

Pero no era cierto, era sólo una ilusión.

«Debería decirle quién soy», pensó.

Pero no lo hizo.

«Sólo unos minutos más, sólo un baile más».

Capítulo Dos

Ethan no había tenido intención de pasarse toda la noche con una sola mujer, pero Lizzy tenía algo que la hacía diferente de las demás.

No era su deslumbrante belleza o, por lo menos, no era sólo eso. En lugares como aquél, había mujeres guapas por todas partes.

No, aquella mujer era diferente y Ethan no sabía exactamente por qué, pero en cuanto la había visto entrar en el salón de baile, había sentido unas imperiosas ganas de conocerla, así que no había dudado en excusarse y en dejar plantada a la tercera o cuarta actriz de Hollywood que se le había acercado aquella noche.

Aunque Lizzy había intentado ocultar su sorpresa, Ethan se había dado cuenta de que la había impresionado, algo a lo que estaba acostumbrado. A lo que no estaba acostumbrado en absoluto era a que una mujer quisiera quitárselo de encima.

Hacía mucho tiempo que no tenía que correr detrás de una mujer. Lo normal era que se pelearan para que les hiciera caso aquel empresario y millonario hecho a sí mismo. Por supuesto, si supieran lo cerca que había estado de perderlo todo, seguramente no les interesaría tanto.

Lizzy parecía realmente disgustada de estar con él y, por alguna absurda razón, aquello le había parecido de lo más interesante y, cuando la había tomado entre sus brazos, había sentido una atracción física muy intensa y sorprendente, algo que también hacía mucho tiempo que no le ocurría.

Antes, todas las noches se iba a la cama con una mujer diferente, pero últimamente hasta las mujeres más atractivas lo dejaban indiferente. Por eso, precisamente, estaba decidido a conocer un poco más a aquella mujer y, con un poco de suerte, a despojarla de la ropa.

Cuando la orquesta dejó de tocar y mientras aplaudían a los músicos, Ethan se preguntó si el objeto de su deseo huiría ahora que ya no había música.

–¿Le apetece salir a tomar el aire? –le preguntó.

–Me tendría que ir a casa –contestó Lizzy.

–Sólo le pido que salgamos un rato a la terraza –insistió Ethan.

Lizzy dudó.

–Cinco minutos –volvió a insistir Ethan.

–Sólo cinco minutos –accedió Lizzy.

Ethan le ofreció el brazo y ella lo aceptó.

–Diez como máximo –comentó Ethan.

Lizzy intentó zafarse, pero para entonces ya habían llegado a la puerta. La brisa nocturna era fresca y húmeda e inusualmente cálida para estar a finales de mayo. O eso le habían contado a Ethan. Lo cierto era que sabía muy poco sobre el clima de su país de origen y la verdad era que tampoco le importaba demasiado. Tampoco le interesaba lo más mínimo las tradiciones y las costumbres de las que el rey no paraba de hablarle. De haber sabido que iba a tener que soportar todo aquello, qui zás se hubiera ido a hacer negocios al continente, pero ya había llegado muy lejos y no se podía echar atrás.

La familia real lo estaba salvando y tenía que corresponder.

–¿Champán? –le preguntó a Lizzy al ver que pasaba un camarero.

Lizzy asintió y aceptó la copa que Ethan le tendía. A continuación, caminaron hacia la barandilla de hierro desde la que se veían acres y acres de pradera perfectamente cuidada, árboles de todos los tamaños, formas y colores y, a lo lejos, la residencia de la princesa Sophie, su hermanastra.

Al llegar allí, Lizzy le soltó el brazo y se apoyó en la barandilla.

–Hace una noche preciosa, ¿verdad? –comentó–. Cuando iluminan el jardín, está precioso.

Lo había dicho como si ya hubiera estado allí en otras ocasiones.

–¿Ya había estado en el palacio antes? –le preguntó Ethan sorprendido.

Lizzy parpadeó varias veces, como si se acabara de dar cuenta de que había dicho algo que no debería haber dicho.

–En una o dos ocasiones –contestó eligiendo sus palabras con tiento.

–¿Es usted amiga o familia?

–Ninguna de las dos cosas.

Ethan se quedó mirándola. Aquella mujer tenía rasgos delicados y fuertes al mismo tiempo. Era una mujer refinada, pero tenía un elemento salvaje e indómito y Ethan se encontró preguntándose en qué estaría pensando, qué escondía. Porque era

15

obvio que aquella mujer escondía algo, y eso lo intrigaba.

–¿Y, entonces, cómo es que conoce a la familia real?

–Podríamos decir que por... trabajo –contestó Lizzy con prudencia.

–¿A qué se dedica usted? –le preguntó Ethan muy interesado.

–Hace frío –contestó Lizzy evitando la pregunta.

Ethan no quería volver dentro, así que se quitó la chaqueta y se la puso sobre los hombros. Al hacerlo, los mechones de pelo de Lizzy le rozaron las manos, una sensación que le encantó y le hizo preguntarse qué sentiría deslizando los dedos entre sus cabellos.

«Todo a su tiempo», pensó.

–¿Mejor? –le preguntó.

–Sí, gracias –contestó Lizzy mirándolo y sonriendo.

Se trataba de una sonrisa sincera y bondadosa. Ethan pensó que era la primera vez que la veía sonreír en toda la noche y el resultado fue devastador. Si hasta aquel momento le había aparecido guapa, ahora estaba convencido de que solamente había visto la punta del iceberg.

Sin embargo, igual de rápido que había aparecido, la sonrisa desapareció. Ethan pensó entonces que haría cualquier cosa por verla sonreír de nuevo.

–¿En qué está pensando? –le preguntó.

–En que no es usted como yo esperaba –contestó Lizzy sinceramente.

–¿Y eso es bueno?

–Sí y no.

En aquel momento, sus ojos se encontraron. Los de Lizzy eran brillantes e inquisitivos y tenían un rastro de vulnerabilidad del que Ethan no se habría percatado si no la hubiera estado observando tan atentamente. Aquella vulnerabilidad lo intrigó y lo fascinó sobremanera, haciéndole alargar el brazo y tocándole la mejilla, sorprendido de que Lizzy se lo permitiera.

–¿Qué me diría si le dijera que quiero volver a verla?

Lizzy se quedó pensativa.

–Supongo que le preguntaría que por qué yo.

–¿Y por qué no usted?

–Porque hay cientos de mujeres en esta fiesta, muchas de ellas son más que aceptables y casi todas estarían encantadas de ser objeto de sus atenciones. ¿Por qué yo?

Ethan llevaba toda la velada preguntándose lo mismo y no tenía respuesta.

–La verdad es que no tengo ni idea –admitió con la esperanza de que Lizzy le diera la oportunidad de descubrirlo.

Lizzy sabía que lo que tenía que hacer era alejarse de aquel hombre, pero se sentía enraizada al suelo y, por otra parte, no creía que fuera a llegar muy lejos, pues Ethan la tenía agarrada por las solapas de la chaqueta.

Estaba en un lugar oscuro y alejado en el que nadie los veía con un desconocido, un hombre que no tenía muy buena fama y, aun así, no se sentía alarmada en absoluto.

Sentía una innegable curiosidad por aquel desconocido, quería saber cuáles serían sus próximas palabras, lo que haría.

Cuando Ethan le acarició la mejilla y ella sintió que se derretía y que la cabeza comenzaba darle vueltas, se hizo una idea. Ethan la miró a los ojos como si le fascinara y pronunció aquellas palabras que ella se moría por oír a pesar de que le daban miedo.

–¿Te puedo besar, Lizzy? –preguntó tuteándola por primera vez

«Claro que sí», se moría por gritar.

El hecho de que hubiera sido lo suficientemente educado como para pedírselo le hacía desearlo mucho más y Lizzy sintió que el corazón le latía desbocado y que los labios le temblaban, pero sabía que no era lo apropiado, se dijo que sería una locura, pues aquel hombre era un príncipe multimillonario.

–Preferiría que no lo hicieras –le dijo ella, también tuteándolo.

–¿Porque no soy tu tipo?

«Porque eres maravilloso, porque me resultaría muy fácil enamorarme de ti», pensó Lizzy.

–Más o menos –mintió sin embargo.

–Tienes el pulso acelerado –comentó Ethan acariciándole la garganta con el reverso de la mano–. Eso significa que estás excitada.

–No, lo que me pasa es que estoy un poco acalorada por el baile.

–Lizzy, ya estás otra vez mintiendo –contestó Ethan sonriendo y sacudiendo la cabeza.

A Lizzy le gustaba cómo decía su nombre, el tono

juguetón que utilizaba. Lo cierto era que quería que la besara para saber qué se sentía al besar a un príncipe. ¿Serían diferentes sus labios a los de un hombre normal? ¿Serían mejores? ¿Qué había de malo en un beso?

–Un beso –se oyó decir.

–Un beso –contestó Ethan inclinándose sobre ella–. O dos –añadió justo antes de que sus labios se tocaran.

Y, de repente, Lizzy se encontró besándose con aquel hombre. En el mundo sólo existía su boca, la presión de sus labios, el sabor de champán de su lengua. Lizzy se encontró entre sus brazos, apretada contra su cuerpo de manera que sus pechos, su tripa y la parte superior de sus muslos quedaron en contacto con su traje. Lizzy sintió que la chaqueta se le resbalaba de los hombros, pero le dio igual porque sentía un tremendo calor por todo el cuerpo.

Al instante, se dijo que debería pararlo, pero su cuerpo había tomado el mando y lo único que quería era estar más cerca de él. Lizzy había hecho algunas locuras en sus veintinueve años de vida, pero ninguna le había gustado tanto como aquélla.

Ethan se apartó, apoyó la frente sobre la de Lizzy y sonrió.

–Tengo una habitación en el palacio –murmuró.

No hacía falta que le explicara más y Lizzy habría dicho que sí pero, en aquel instante, cuando abrió la boca para acceder a su invitación, oyó que alguien carraspeaba.

–Ethan –dijo una voz firme y calmada.

Una voz que Lizzy conocía muy bien y que la hizo estremecerse mientras Ethan maldecía en voz baja y la soltaba lentamente para girarse hacia su hermanastro, el rey. Lizzy hizo lo único que podía hacer, una reverencia. A continuación, bajó los ojos hacia el suelo rezando para que no la reconociera.

–¿Sí, majestad? –contestó Ethan en tono entre firme y sarcástico.

–Ha llegado el momento de descubrir el lienzo y te necesito en el salón.

Lizzy se había olvidado de todo aquello. Se trataba del retrato de la familia real.

–Ahora mismo voy –contestó Ethan.

El rey los miró a ambos y Lizzy tuvo la sensación de que la reconocía, pero el rey no dijo nada. Con un poco de suerte, se habría quedado con la impresión de que había sorprendido a su hermanastro con una mujer desconocida, comportándose como dos adolescentes con las hormonas revolucionadas.

–Procura no llegar tarde –le dijo el rey a Ethan girándose y volviendo al interior del palacio.

Lizzy suspiró aliviada.

–Lo siento –se excusó Ethan girándose hacia ella.

–No pasa nada –contestó Lizzy encogiéndose de hombros.

–Ha sido muy torpe y maleducado por mi parte no presentaros.

«Menos mal que no lo has hecho», pensó Lizzy.

–Supongo que tienes que irte –comentó.

–Eso parece –contestó Ethan.

No parecía muy contento con la idea.

–Dime que te vas a quedar un rato más –comentó mientras recogía su chaqueta del suelo.

Lizzy sabía que no debía hacerlo. Si alguien la reconocía y el rey y la reina se enteraban, todo habría terminado y tendría que dejar su trabajo.

–No puedo.

–¿Por qué? ¿Te convertirás en calabaza a media-noche?

–Algo así –contestó Lizzy sonriendo.

–Mañana me tengo que ir de viaje, pero volveré para el fin de semana. ¿Podríamos vernos entonces?

Le hubiera encantado contestar que sí, pero se estaba jugando su puesto de trabajo y, además, esta-ba segura de que, para entonces, Ethan ya habría conocido a otra mujer y se habría olvidado de ella. ¿Por qué hacerse pasar por aquella situación? Por la espera, por la incertidumbre de no saber si la iba a llamar o no. Era mejor terminar cuanto antes.

–No creo que sea buena idea.

–¿Porque no soy tu tipo? –bromeó Ethan.

–No, simplemente, porque no me parece buena idea, pero admito que me lo he pasado muy bien esta noche.

Por un instante, Lizzy tuvo la sensación de que Ethan iba a protestar, pero no lo hizo.

–¿Cómo vas a volver a casa esta noche? –le pre-guntó.

–En taxi.

–Por favor, permite que te lleve mi chófer.

¿Quería volver a casa en taxi o en un lujoso y fla-mante Rolls Royce?

–Por favor –insistió Ethan–. Es lo mínimo que puedo hacer.

Se lo había pedido por favor y sería un broche final maravilloso para aquella velada.

–Está bien –accedió Lizzy.

–Voy a hablar con él para que te recoja en la puer-ta.

–Gracias.

–A lo mejor nos volvemos a ver –se despidió.

–A lo mejor –contestó Lizzy pensando que, aunque se volvieran a ver, Ethan no la reconocería.

Pasaría a su lado sin apenas mirarla porque volvería a ser simplemente una empleada, o sea, nadie.

Aquel pensamiento le provocó tristeza y alivio a la vez.

Antes de irse, Ethan le dedicó una última y adorable sonrisa sensual y Lizzy tuvo la sensación de que aquel hombre sabía algo que ella desconocía.

Capítulo Tres

–¿Fuiste? –le preguntó Maddie.

Eran las ocho de la mañana y la acababa de despertar, así que Lizzy se incorporó en la cama, se frotó los ojos y pensó en Ethan.

–Sí –contestó.

Su amiga gritó emocionada.

–¿Y fue tan maravilloso como creías que iba a ser?

–Supongo que sí –contestó Lizzy pensando que había sido mucho mejor.

–¿Supones?

Maddie era su mejor amiga, habían sido confidentes desde el primer día de clase en el colegio, se lo habían contado absolutamente todo, pero por alguna razón, Lizzy no le habló de Ethan, no le dijo que había bailado con él ni que lo había besado.

Tal vez, lo hizo porque no quería que su amiga se diera cuenta por su tono de voz de lo que sentía por Ethan y, por otra parte, tenía la esperanza de que los sentimientos que albergaba por él fueran tan pasajeros e insignificantes como el tiempo que habían estado juntos.

–No estuve mucho tiempo –comentó.

–Pues yo estuve hasta las tantas de la noche en la cocina –se quejó Maddie indignada–. Hicimos un millón de canapés. Madre mía, anda que no come esa gente.

Su amiga llevaba más tiempo que ella trabajando en palacio y había desarrollado cierto grado de desprecio hacia la familia real y hacia los ricos en general. Lizzy estaba preocupada porque, si a su amiga se le ocurría comentar algo delante de personas inapropiadas, podría perder su trabajo.

–Esa gente, como tú la llamas, te da de comer –le recordó.

Maddie trabajaba en la cocina y no tenía mucho trato con la familia real, a diferencia de Lizzy. A ella siempre la habían tratado con respecto. Sobre todo, desde que la reina había llegado de Estados Unidos el otoño pasado. Desde entonces, la habían tratado con amabilidad y justicia. Sin embargo, por muchas veces que se lo había comentado a su amiga, Maddie seguía sintiendo aquella animosidad irracional.

A Maddie le habría dado un ataque de nervios si hubiera sabido que su amiga había besado al príncipe.

Lizzy pensó que había sido estúpido e irresponsable por su parte hacer una cosa así y se juró a sí misma no volverse a poner en una situación tan peligrosa.

–¿Y por qué no te quedaste más tiempo? –le preguntó Maddie.

–Porque me sentía fuera de lugar.

–Bueno, pues entonces supongo que te debo una cena y una cerveza –contestó Maddie contándole a continuación a su amiga algo que había ocurrido en la cocina durante la fiesta.

Pero Lizzy apenas la escuchaba. ¿Y si alguien la había reconocido? El rey la había mirado, pero Lizzy no sabía si había sido porque la había reconocido o por mera curiosidad. Si la había reconocido, el reino entero se enteraría de su aventura con el príncipe.

Lizzy se pasó el resto de la semana intentando olvidar a Ethan y el maravilloso beso que le había dado y se convenció de que, si hubiera sabido quién era, jamás la habría besado porque no pertenecía a su clase social. Aunque no era una mendiga, era personal de servicio de palacio y todo el mundo sabía que la familia real no se mezclaba con gente que no fuera de sangre azul.

Aunque hubiera accedido a volver a verlo, en cuanto se hubiera enterado de que trabajaba para la reina, no habría querido volver a verla. Eso se repitió durante toda la semana y también la ayudó que Ethan estuviera fuera por motivos de trabajo. Eso le había oído decir a la reina.

El viernes por la noche, cuando se disponía a irse a casa para cambiarse de ropa y salir a cenar y a tomar una cerveza con Maddie, ya lo tenía todo superado. De hecho, había desarrollado una perspectiva nueva de su vida amorosa.

Desde que se había divorciado, había supuesto que su vida romántica estaba muerta, pero el ratito que había pasado con Ethan le había hecho comprender que seguía siendo capaz de sentir, así que, tal vez, debería ir en busca del amor de nuevo.

Por eso, precisamente, se maquilló y se peinó con mucho cuidado e incluso se vistió de manera un poco más sensual que de costumbre pensando que tal vez, solamente tal vez, alguna hombre se fijaría en ella.

El timbre sonó mientras estaba buscando sus botas de tacón alto. Lizzy miró el reloj y comprobó que Maddie llegaba diez minutos antes de lo previsto. Aquello la hizo sonreír mientras cruzaba el salón en calcetines para darle la enhorabuena a su amiga por llegar pronto por primera vez en su vida, pero las ganas de bromear se le evaporaron al abrir la puerta y ver que no se trataba de su amiga.

–Hola, cariño –le dijo su ex marido con aquella sonrisa bobalicona que ella tanto detestaba.

No estaba de humor para aguantar aquello.

–¿Qué quieres, Roger?

El aludido la miró de arriba abajo de una manera tan asquerosa que Lizzy se sintió mal.

–Muñeca, estás impresionante.

–Si necesitas dinero, vete a pedírselo a otra persona –le dijo Lizzy tapándose como pudo con la puerta.

Le había prestado dinero en dos ocasiones y nunca se lo había devuelto. Seguramente porque los trabajos no le duraban mucho. Era un artista. Hacía mucho tiempo a Lizzy aquello le había parecido de lo más interesante, pero eso había sido antes de darse cuenta de que lo utilizaba como excusa para holgazanear.

–Ya sabes que yo nunca te pediría dinero –mintió el aludido.

–Entonces, ¿qué quieres?

–¿Sabes que la galería de Third Street tiene expuestas varias obras mías?

Lizzy se encogió de hombros de manera impaciente. Lo cierto era que le daba igual.

–He vendido dos –declaró Roger sacándose del bolsillo interior de la chaqueta un fajo de billetes.

–Maravilloso. Así podrás pagarme lo que me debes –contestó Lizzy.

Lo cierto era que le vendría bien el dinero, pues no le quedaba mucho para gastar ya que ahorraba de lo que cobraba, pagaba las facturas y le mandaba un poco a su madre a Inglaterra todos los meses.

–Por eso, precisamente, he venido.

Lizzy puso la mano, pero Roger apartó el dinero.

–Quiero invitarte a cenar. Para celebrarlo.

Imposible. Lizzy sintió náuseas y no porque Roger fuera físicamente repugnante. Más bien, todo lo contrario. Se trataba de un hombre rubio de sonrisa maravillosa y sentido del humor muy agudo. Era todo un Adonis. Seguro que las mujeres con las que había estado durante el tiempo que habían estado casados estaban de acuerdo con ella.

–Tengo planes –contestó Lizzy.

–¿Una cita?

–No es asunto tuyo. ¿Me vas a dar el dinero o no?

–Eso quiere decir que vas a salir con Maddie a cenar y a tomar una cerveza, ¿verdad?

–Dame el dinero.

–Te lo doy si vienes a cenar conmigo.

–No.

–Si no hay cena, no hay dinero –contestó Roger guardándose de nuevo los billetes en el bolsillo.

–Muy bien –contestó Lizzy, que no tenía ganas de jueguecitos–. Adiós, Roger.

–Lizzy –oyó que la llamaba mientras ella se daba el inmenso gusto de cerrarle la puerta en las narices.

Por supuesto, tuvo la prudencia de pasar el cerrojo, pues lo conocía bien y sabía que Roger era capaz de abrir la puerta y de entrar en su casa. Mientras volvía a su dormitorio, sonó el teléfono. Era Maddie.

–Salgo en este momento. Llegaré a tu casa en diez minutos. Veinte si hay tráfico.

–Muy bien –contestó Lizzy.

–Está lloviendo, así que no olvides ponerte una cazadora.

–Llámame cuando llegues y bajo –se despidió Lizzy colgando el teléfono.

En aquel momento, volvieron a llamar al timbre. ¿Acaso Roger no sabía lo que significaba la palabra no? Lizzy decidió no ir a abrir la puerta. Seguro que se aburriría y se iría. Pero no fue así. Volvió a llamar.

–¡Maldita sea! –exclamó Lizzy corriendo hacia la puerta, cansada de sus juegos–. ¡Ya te he dicho que no…!

Pero no era Roger.

Lizzy se había quedado tan estupefacta que tuvo que parpadear varias veces para asegurarse de que no estaba teniendo una alucinación. Cuando el hombre que tenía ante sí sonrió, supo que no era ninguna ilusión.

–¿Ethan?

Estaba tan sorprendida que olvidó por completo hacerle una reverencia y dirigirse a él con la fórmula de protocolo adecuada.

Ethan se apoyó en el marco de la puerta. Llevaba pantalones de tela y cazadora de cuero negro salpicada de gotas de lluvia y, por supuesto, estaba sonriendo con aquella sonrisa suya tan sensual, aquella sonrisa de la que Lizzy no había podido olvidarse en toda la semana.

–¿No soy la persona a la que estabas esperando? –comentó.

–¿Qué haces aquí?

–Te dije que quería volver a verte, así que aquí estoy.

–¿Cómo has sabido dónde…?

Antes de terminar la frase, se dio cuenta

–Tu chófer. Por eso me ofreciste que me trajera a casa, para enterarte de dónde vivía.

Ethan se limitó a sonreír, pero Lizzy sabía que estaba en lo cierto. Tendría que haberse dado cuenta de que tramaba algo. Tal vez, lo había sospechado, pero de manera inconsciente había dejado que sucediera porque, en lo más profundo de sí misma, deseaba que la encontrara y, ahora que lo había hecho, todo lo que había sentido por él, el deseo físico y romántico de estar con él, se volvieron a apoderar de ella con fuerza.

–¿Puedo entrar? –le preguntó Ethan.

–Voy a salir –contestó Lizzy–. Tengo una cita.

–Sólo será un minuto.

Lizzy pensó que sería una buena oportunidad para dejar las cosas claras. Había llegado el momento de confesar que había bebido demasiado en la fiesta y que, por eso, no había sido sincera con él y no le había dicho quién era. De esa manera, podrían seguir cada uno su camino y, con un poco de suerte, no perdería su trabajo.

–Sólo un minuto –le dijo Lizzy haciéndose a un lado.

Ethan entró y cerró la puerta tras él. Su presencia llenaba la habitación entera y Lizzy tuvo la sensación de que el oxígeno no le llegaba a los pulmones. En consecuencia, comenzó a sentirse mareada.

–Como verás, mi casa no es exactamente un palacio –comentó.

Ethan miró alrededor del acogedor apartamento que, hasta aquel momento, a Lizzy nunca le había parecido corriente, pero que ahora se le antojaba pequeño e insignificante.

–Es precioso, me encanta –contestó Ethan.

–Ethan, ¿por qué has venido?

Ethan se quitó la cazadora, la dobló y la dejó sobre el respaldo del sofá.

–Me podrías invitar a una copa.

–A tu hermano...

–Hermanastro.

–A tu hermanastro, el rey, no le haría ninguna gracia. Te lo aseguro.

Ethan se sentó en el sofá.

–¿Por eso te mostraste tan misteriosa en la fiesta? ¿Crees que importa lo que el rey opine?

–Claro que importa. Como miembro de la familia real...

–Preferiría que dejáramos a mi familia fuera de esto, ¿de acuerdo? Quiero que me contestes a una pregunta. ¿Fueron imaginaciones mías o la otra noche conectamos?

–Ethan...

–¿Conectamos o me vas a volver a poner la excusa de que no soy tu tipo?

Aquel hombre no entendía nada y Lizzy no pudo evitar sospechar que no tenía ninguna intención de hacer el esfuerzo de entender

–Sí, conectamos –confesó.

–¿Te gusto? –le preguntó Ethan.

–¿Cómo?

–Me has oído perfectamente. ¿Te gusto?

Desde luego, era directo.

«Debería decirle quién soy y poner punto final a esto inmediatamente», pensó Lizzy.

Pero no lo hizo.

–Se ha acabado el minuto.

–¿Te gusto? –insistió Ethan poniéndose en pie.

–Deberías irte.

–¿Te gusto? –repitió Ethan yendo hacia ella–. ¿Sí o no?

Lizzy dio un paso atrás y, luego otro y otro y otro hasta que se dio contra la puerta. Lo tenía delante, cortándole el paso y olía de maravilla.

No debería haberlo dejado entrar.

Lizzy estaba convencida de que Ethan sabía que, efectivamente, le gustaba. Debía de estar jugando con ella, debía de querer ver cuánto tiempo tardaría en ceder.

No mucho probablemente.

Ethan colocó las palmas de las manos sobre la puerta, cada una a un lado de la cabeza de Lizzy. Sus bocas estaban muy cerca y Lizzy sentía el calor que emanaba del cuerpo de Ethan.

–Mira por dónde te está pasando lo mismo que el otro día –comentó Ethan acariciándole el cuello–. Y esta vez no me dirás qué es de bailar, ¿eh?

Lizzy sintió que el corazón le estaba latiendo aceleradamente y que las rodillas le temblaban. ¿Por qué demonios no la besaba de una vez? Ethan deslizó la yema del dedo meñique por la superficie del labio inferior de Lizzy, haciéndole estremecerse de pies a cabeza.

A continuación, se inclinó sobre ella y le habló al oído.

–Yo creo que te gusto, Lizzy, aunque no quieras admitirlo y eso me gusta porque tú a mí me gustas mucho –le dijo mordiéndole el lóbulo de la oreja.

Lizzy no pudo evitar gemir. ¿Por qué demonios era tan directo? ¿Tan sincero? Su primer error había sido dejarlo entrar. No, su primer error había sido bailar con él. A aquellas alturas, ya debía de ir por el tercer o cuarto error.

Lizzy apretó los puños y se dijo que no debía hacer ninguna estupidez, pero sospechaba que era demasiado tarde y, justo en el momento en el que decidió ceder, pasarle los brazos por el cuello y besarlo, sonó el maldito teléfono.

A continuación, oyeron el claxon de un coche que había parado frente a la puerta.

Evidentemente, era Maddie.

–¿Tu cita? –comentó Ethan en tono divertido.

Lizzy asintió.

–Qué educado, que ni siquiera viene a buscarte a la puerta.

–Es mi amiga Maddie –admitió Lizzy–. Vamos a ir a cenar y a tomar una cerveza.

–Así que me has mentido.

–Claro. ¡Quería deshacerme de ti!

El teléfono seguía sonando y Maddie volvió a tocar el claxon.

–Voy a contestar –anunció Lizzy colándose por debajo del brazo de Ethan y agarrando el teléfono que había sobre la mesa–. Hola, Maddie.

–¿No estás lista? Como tardemos un poco más, van a estar todas las mesas ocupadas.

Lizzy miró a Ethan, que estaba apoyado en la puerta, mirándola. Le costaba pensar con claridad, así que desvió la mirada y se quedó mirando por la ventana. Estaba lloviendo.

–¿Lizzy? ¿Estás ahí?

Tenía que elegir. Podía irse, y poner fin a aquella aventura aunque sólo fuera de momento, o quedarse con Ethan, que aquella vez, era evidente, no se iba a contentar con un beso.

Capítulo Cuatro

–Maddie, ha surgido una cosa y no voy a poder salir contigo –le dijo a su amiga.

Ethan comprendió perfectamente lo que significaban aquellas palabras.

–¿Estás bien? –se alarmó Maddie.

–Sí –contestó Lizzy sintiendo que Ethan se aproximaba–. Lo que pasa es que ha venido... una persona.

–No me digas que es Roger.

–No, claro que no es Roger.

–¿Es... de sexo masculino? –quiso saber Maddie.

–Sí –contestó Lizzy sintiendo la mano de Ethan en el hombro.

–¿Y soltero y guapo?

–Más o menos –contestó Lizzy sintiendo la otra mano de Ethan en la cadera y estremeciéndose.

–¿Más o menos qué? ¿Soltero o guapo?

Ethan le había pasado los brazos por la cintura y había tirado de ella para que se apoyara en él. Lizzy sentía todo su cuerpo. Oh, qué gusto. Por el bulto que sentía en cierta parte de la anatomía de Ethan, era evidente que a él también le estaba gustando.

¿Cuánto tiempo hacía que un hombre no la tocaba así? ¿Cuánto tiempo hacía que no le había apetecido que ninguno lo hiciera? Rodeada por Ethan, absorbiendo su calor y su olor, se sentía viva, como si hasta aquel momento hubiera estado dormida y se acabara de despertar.

Lizzy cerró los ojos y echó la cabeza hacia atrás, de manera que oyó el latido de su corazón.

–¿Lizzy? ¿Estás ahí? –le preguntó Maddie.

Lizzy se había olvidado del teléfono.

–Maddie, te llamo luego.

–Sí, quiero todos los detalles.

Lizzy sintió el aliento de Ethan en el cuello y su mano subiendo por la tripa, por las costillas, alrededor de un pecho...

–Hasta luego, Maddie –se despidió de su amiga tirando el teléfono sobre el sofá y girándose hacia Ethan–. Recuerda bien todo lo que pase porque no se va a repetir.

A Lizzy le pareció ver decepción en los ojos de Ethan, pero desapareció tan pronto que se dijo que debían de haber sido imaginaciones suyas.

–Entonces supongo que voy a tener que esforzarme para que resulte memorable –le dijo tomándola en brazos.

A Lizzy jamás la habían levantado así del suelo, creía que era una cosa que sólo sucedía en los libros o en las películas. Desde luego, si Ethan quería hacer aquella situación memorable, lo estaba consiguiendo.

La llevó a su dormitorio y la dejó de pie junto a la cama. Lizzy se apresuró a hacer un rápido inventario del lugar. Sábanas limpias y ropa recogida. Aunque no estaba impecable, era suficiente para una noche.

Ethan la besó y Lizzy se olvidó de la habitación y comenzó a pensar en la manera más rápida de desnudarlo. Hacía mucho tiempo que no estaba con un hombre y, ahora que estaba tan cerca de hacer el amor con uno, tenía prisa. Tenía la sensación de que, desde que había bailado con él, aquello era inevitable.

Así que Lizzy le quitó el suéter y le puso las manos sobre el pecho, sintió su piel caliente y sus músculos sólidos y deslizó las manos sobre sus hombros y sus bíceps. Aquello no era propio de ella. Aquella falta de inhibición. Nunca había sido tímida a la hora de practicar sexo, pero no lo conocía de nada. De repente, se le ocurrió que, tal vez, precisamente por eso, no tenía vergüenza con él. Al fin y al cabo, aquello no se iba a repetir.

Ethan había comenzado a desabrocharle la camisa, pero lo estaba haciendo demasiado lentamente.

—Rómpela —le ordenó Lizzy.

Y él no lo dudó ni un instante, lo que la excitó sobremanera. En un abrir y cerrar de ojos, los botones de su blusa salieron despedidos en todas direcciones. Lizzy los oyó aterrizar sobre el suelo de madera mientras sentía el aire fresco sobre la piel ardiente.

Ethan le desabrochó el sujetador y, en cuanto sus pechos quedaron al descubierto, tomó uno en su boca. Lizzy creyó que las piernas no la iban a sujetar.

Aquel hombre que la estaba acariciando de manera tan íntima era inmensamente rico y, además, era un príncipe, así que, ¿por qué no se sentía intimidada en absoluto? ¿Cómo era posible que dos personas tan diferentes pudieran estar tan perfectamente sincronizadas?

—¿Estás segura? —le preguntó Ethan tomándole el rostro entre las manos.

Lizzy estaba completamente segura de lo que iba a hacer, pero el hecho de que Ethan se tomara la molestia de preguntárselo la hizo desearlo todavía más.

—Sí, estoy segura —contestó pasándole los brazos por el cuello, pegando su cuerpo contra el de Ethan y besándolo.

Después de aquello, la situación tomó una velocidad descontrolada, como si estuvieran en un concurso, a ver quién desnudaba al otro más rápido. Cuando tuvo a Ethan desnudo ante sí, le pareció bello, perfecto.

Entonces cayeron desnudos sobre la cama, rodaron y lucharon como si los dos quisieran dominar, Lizzy le acarició con las uñas por todo el cuerpo y le mordisqueó y, cuanto más agresiva se puso, más se excitó Ethan, lo que también la excitaba a ella.

Se había pasado años comportándose de manera adecuada, siendo la empleada y la esposa adecuada y ya no podía más. En aquella ocasión, quería sentirse salvaje y descontrolada. Sólo una vez. Después, volvería a ser la Lizzy que todo el mundo conocía.

Había bajado la guardia y Ethan aprovechó para tumbarla boca arriba y agarrarla de las muñecas, pero Lizzy no se sintió intimidada ni atrapada sino todavía más excitada, lo que la llevó a abrazarlo con las piernas de la cintura y a arquearse contra su erección, haciéndolo gemir de placer, pero de repente, Ethan se apartó y maldijo.

—¿Qué te pasa?

—Me acabo de dar cuenta de que no tengo preservativos.

—¿Cómo? ¿Estás de broma? ¿Y cómo es que no te has traído preservativos?

–Porque no he venido con la intención de acostarme contigo.

Lizzy no estaba dispuesta a dejar pasar la oportunidad. Estaba tan excitada que estuvo a punto de decirle que la penetrara de todas maneras, pero sabía que así era como ocurrían los desastres, así era como se contagiaban enfermedades y como se tenían hijos no deseados

Entonces recordó que solía haber una caja en el cajón de la mesilla de noche.

–Mira a ver en la mesilla. Creo que habrá alguno.

Ethan le soltó una muñeca para inclinarse y abrió el cajón con tanta fuerza que salió despedido y todo su contenido quedó esparcido por el suelo.

–Lo siento –se disculpó.

A Lizzy le importaba un bledo el mueble.

–¿Están?

–¡Aja! –exclamó Ethan mostrándole la caja de preservativos con una sonrisa triunfal.

–¡Menos mal! –contestó Lizzy agarrando la caja, abriéndola y sacando un preservativo.

Ethan intentó quitárselo.

–Déjame a mí –insistió Lizzy.

Ethan observó cómo Lizzy le rodeaba la erección con la mano y le colocaba el preservativo muy lentamente.

–Si sigues haciendo eso, me voy –le advirtió.

Lizzy tuvo tentaciones de acariciarlo, pero en cuanto tuvo puesto el preservativo, Ethan la volvió a agarrar de las muñecas

–¿Estás lista, Lizzy?

–Sí.

Ethan movió las caderas de manera que Lizzy

sintiera su erección. La sensación le resultó tan erótica que gimió y se arqueó contra él.

—¿Estás segura?

—Sí —contestó Lizzy apretando los dientes.

Ethan volvió a frotarse contra ella, pero más lentamente

—¿Qué quieres que te haga, Lizzy?

Lizzy sabía que la que corría el riesgo de llegar al orgasmo ahora era ella e intentó zafarse, pero Ethan tenía más fuerza y no la dejó, lo que la hizo excitarse todavía más.

—Te voy a torturar hasta que me digas lo que quieres —le advirtió sonriente.

Y, para demostrarle que hablaba en serio, se inclinó sobre ella y comenzó a chuparle los pechos. A continuación, succionó sobre uno de sus pezones.

—Dilo —le ordenó.

Lizzy ya no podía más, así que le dijo de manera muy directa y gráfica exactamente lo que quería que le hiciera

Ethan la penetró de manera tan rápida y profunda que Lizzy se quedó sin aliento. Ethan permaneció en el interior de su cuerpo durante unos cuantos segundos y, a continuación, se retiró milímetro a milímetro. Una vez casi fuera se quedó mirándola y volvió a penetrarla.

—¿Demasiado? —le preguntó cuando Lizzy gritó.

—No —le aseguró ella—. Otra vez.

Ethan se retiró y volvió a entrar. Una vez y otra. Lizzy sólo podía sentir, sentir lo bien que se lo estaba pasando, sentir que sus cuerpos se movían al unísono, sentir que sus caderas se acompasaban a la perfección.

Sabía que iba recordar aquel momento durante toda la vida porque había encontrado la perfección. Lo único malo era que había sido con un hombre con el que no podía estar, pero aquello, de momento, no importaba.

Llegaron juntos al orgasmo, que se produjo de manera simultánea, profunda e intensa. Lizzy se quedó tumbada, desprovista de toda energía.

—¿Estás aquí? —oyó que le preguntaba Ethan como si estuviera muy lejos.

Lizzy abrió los ojos y lo miró. Ethan estaba acodado y la miraba sonriente. Lizzy tomó aire y lo soltó.

—Madre mía, cómo necesitaba una cosa sí.

—Lo dices como si hubiéramos terminado.

Aquello había sido lo que siempre había tenido con Roger. Una vez y fuera y, sólo con suerte, la satisfacía a ella un poco también.

—¿Y no es así?

Ethan sonrió abiertamente con aquel brillo adorable y diabólico en los ojos.

—Bonita, acabamos de empezar.

Horas después, Lizzy estaba tumbada junto a Ethan. Sus brazos y sus piernas estaban unidos, tenía la cabeza apoyada en su pecho y se sentía sexualmente satisfecha, nunca se había sentido así. Aquel hombre era imparable.

La cama estaba completamente deshecha, el edredón yacía en el suelo, la sábana de abajo se había salido en una esquina y, si a aquello, se le añadía la ropa que había por todas partes y el contenido del cajón, parecía que había pasado un huracán por el dormitorio.

Aunque no estuvieran hechos el uno para el otro por motivos sociales, lo cierto era que su compatibilidad sexual no podía ser mejor. Por desgracia, aquello era lo único que tenían y el sexo no era suficiente para mantener una relación duradera.

Lizzy se dijo que, por supuesto, no era una relación duradera lo que ella estaba buscando. Para empezar, porque sabía que Ethan no era hombre de compromisos.

Aun así, corría el grave riesgo de enamorarse de él.

–¿Estás cansada? –le preguntó comenzando a jugar con uno de sus pechos.

–¿Estás de broma? –contestó Lizzy.

Ethan sonrió.

–Deberías haberte dormido hace horas. Eres como el conejito de Duracell.

–¿Eso es lo que hace Roger?

–¿Cómo sabes tú quién es Roger?

–No sé quién es exactamente, supongo que tu novio, pero lo mencionaste cuando estabas hablando por teléfono.

–Es mi ex marido –contestó Lizzy percatándose de que Ethan parecía celoso–. Su rendimiento sexual no era nada memorable. Por lo menos, conmigo. No puedo hablar por las demás mujeres con las que estuvo durante nuestro matrimonio.

–Vaya.

–La primera vez que lo sorprendí engañándome, se puso a llorar como un niño y me suplicó que lo perdonara, así que lo hice, ingenua de mí.

–¿Cuánto tiempo estuviste casada con él?

–Cuatro años, cuatro larguísimos años.

Lizzy no sabía por qué le estaba contando aquello. Probablemente, porque se sentía a gusto con él, porque hablar con él se le antojaba lo más natural del mundo. Era sorprendente, pero no se había sentido incómoda en ningún momento de aquella relación.

Relación sexual, por supuesto. Sí, se habían acostado y ya estaba. Eso era todo, así que Lizzy se incorporó.

–Lo siento, pero mañana tengo que trabajar –anunció.

–¿El sábado?

–Sí –contestó Lizzy encogiéndose de hombros.

–Eso suena como si quisieras que me fuera.

–Más bien.

Ethan no protestó, no intentó hacerla cambiar de parecer, se incorporó y comenzó a vestirse. Qué fácil. Entonces, ¿por qué estaba molesta? Eso era exactamente lo que ella quería, ¿no?

Como era la última vez que lo iba a ver así, lo observó mientras se vestía. Qué bello era. Jamás olvidaría aquella noche.

–Sabes perfectamente que no he venido esta noche a tu casa para acostarme contigo. Yo sólo quería conocerte mejor –comentó Ethan poniéndose en pie para abrocharse los pantalones.

–Pues lo has conseguido –comentó Lizzy–. Ahora, se ha terminado.

–Me siento utilizado –bromeó Ethan.

–Seguro que no tardarás en recuperarte.

Lizzy estaba segura de que en una semana, Ethan ya estaría con otra mujer y ni siquiera se acordaría de ella.

Puesto que lo más probable era que no se volvieran a ver, decidió acompañarlo hasta la puerta.

–Me lo he pasado muy bien –le dijo Ethan una vez allí.

–Yo, también.

–Si cambias de opinión...

–No, no voy a cambiar de opinión.

–No estés tan segura, soy de lo más irresistible.

–Eso dices.

–¿Me das un beso para el camino? –le preguntó Ethan abriendo la puerta.

Lizzy se puso de puntillas y lo besó en la mejilla.

–Adiós, Ethan.

Lizzy sabía que aquello era lo mejor, pero le costó cerrar la puerta y, una vez cerrada, se sorprendió a sí misma apoyando la oreja en la madera para escuchar sus pasos.

A continuación, pasó el cerrojo y apagó las luces. Al volver a su habitación, vio el reloj de Ethan en el suelo, lo recogió y se sentó en la cama. Se trataba de un Rolex de platino que debía de costar una fortuna. ¿Cómo era posible que lo hubiera olvidado? Tal vez, lo hubiera hecho adrede para volver a verla. Típico de él, pues era un hombre acostumbrado a conseguir siempre lo que quería.

Qué gran sorpresa se iba a llevar cuando no cayera rendida ante sus encantos.

Capítulo Cinco

Ethan había quedado con su primo Charles en el club a la mañana siguiente para jugar al squash como todas las semanas y, aunque normalmente ganaba con mucha ventaja, aquel día jugó fatal y perdió.

–¿Qué te pasa? –le preguntó Charles mientras iban hacia el vestuario–. Normalmente me ganas sin problemas.

–Hoy has tenido suerte –contestó Ethan.

Lo cierto era que apenas había dormido un par de horas porque había estado todo el rato pensando en cierta mujer. Al llegar al vestuario, abrió su casilla, se quitó la camiseta y la tiró dentro.

–Madre mía –comentó Charles a sus espaldas.

–¿Qué pasa? –le preguntó Ethan girándose.

–Ahora comprendo qué te estaba distrayendo. Una mujer.

¿Tenía telepatía o qué?

–¿Qué te hace pensar que era una mujer?

–Me parece que no te has visto en el espejo.

Ethan se miró en el espejo que había al otro lado y comprobó que tenía apariencia de estar cansado, pero nada más, así que se giró hacia Charles enarcando una ceja.

–Por el otro lado –le indicó su primo.

Ethan se giró y se dio cuenta al instante de lo

que sucedía. Tenía arañazos y marcas por toda la espalda. Ahora entendía que le hubiera escocido en la ducha aquella mañana.

—¿Me vas a decir que no ha sido una mujer? –bromeó Charles.

—Sí, ha sido una mujer –admitió Ethan.

Una mujer increíble y espectacular en la que no había podido dejar de pensar.

—Así que te has buscado una amante.

Su primo se rió mientras el teléfono de Ethan comenzaba a sonar. Al mirar la pantalla para ver quién era, comprobó que el número no aparecía reflejado.

—Voy a contestar –anunció.

—Muy bien –contestó Charles–. Yo me voy a duchar y nos vemos en el bar.

—Pídeme lo de siempre –le dijo a su primo–. Ya te dije que no te ibas a poder resistir –añadió al teléfono.

Por un instante, nadie contestó.

—¿Cómo sabías que era yo? –dijo Lizzy.

Ethan se rió.

—Ha sido casualidad, mi intuición. Por cierto, me encantaría saber cómo has conseguido mi número de móvil privado.

—Digamos que tengo buenos contactos.

—¿Inteligencia militar?

—Podría contarte la verdad, pero entonces tendría que matarte.

Ethan consideró la posibilidad, pero le parecía imposible, pues Lizzy era demasiado dulce y femenina para ser militar. La única explicación lógica era que conociera a alguien de la familia real o, por lo menos, a alguien que tuviera contactos con la familia real. En cualquier caso, tampoco le importaba demasiado.

–Te has dejado el reloj –le dijo Lizzy.

–Ya lo sé.

–¿Así que lo admites?

–No me lo he dejado a propósito. Me he dado cuenta cuando estaba llegando al coche. Habría vuelto, pero sabía que no me ibas a dejar entrar.

–¿Seguro que no te lo has dejado adrede?

–¿Te parece que necesito una excusa para volver a verte?

–¿Cómo puedes ser tan arrogante?

¿Y cómo podía ser ella tan brutalmente sincera? Claro que ésa era una de las cosas que más le gustaban de su persona. Era dura, pero por dentro era blanda y dulce.

–Me puedo pasar sobre las siete.

–Mejor a las ocho –contestó Lizzy.

–A las ocho entonces.

–Te advierto que no te voy a dejar entrar en casa, ni siquiera voy a quitar la cadera. Para que lo sepas, no estoy dispuesta a volver a acostarme contigo.

Y Ethan no tenía intención de salir de su casa sin haberla seducido, pero no se lo dijo.

–Muy bien. Yo sólo quiero mi reloj.

–Muy bien. Nos vemos a las ocho –se despidió Lizzy colgando.

Ethan sonrió y guardó el teléfono en la casilla.

***

Cuando Lizzy levantó la mirada y vio a la reina en la puerta, dejó el teléfono sobre la mesa y se preguntó cuánto tiempo llevaría allí y qué habría oído.

–Lo siento –se disculpó la soberana–. No quería interrumpirte.

–Soy yo la que debo disculparme, majestad. No debería haber aceptado una llamada personal en el trabajo. Ha sido algo completamente inapropiado por mi parte.

–Elizabeth, te recuerdo que es sábado. Deberías estar en casa. Creía que lo habíamos hablado y que había quedado claro que tenías que tomarte tiempo para descansar.

¿Un día entero sola en casa pensando en Ethan? No, prefería trabajar.

–Es que tenía que terminar unas cuantas cosas que no podían esperar.

La reina suspiró y sacudió la cabeza.

–No tienes remedio.

No tenía ni idea de lo cerca que estaba de la verdad. Era completamente patético no tener vida y preferir pasar el sábado en la oficina.

–¿Necesita algo?

La reina negó con la cabeza.

–Me duele la espalda y he visto que caminar me alivia.

Lizzy no se podía ni imaginar lo que era llevar a un pequeño ser humano dentro de sí misma. Siempre había querido ser madre, siempre había querido tener hijos, pero ahora ya no estaba tan segura de si aquella experiencia iba a formar parte de su vida. No quería ser madre soltera y, desde su desastroso matrimonio, se había prometido no volverse a casar de nuevo.

–Vaya, me ha dado una patadita –exclamó la reina llevándose la mano a la tripa–. ¿Quieres sentirlo?

Lizzy asintió porque sabía que a la reina le encantaba compartir experiencias y también porque a ella le hacía sentirse un poco menos subordinada. La reina avanzó hacia ella, la tomó de la mano y se la puso sobre la tripa.

–Las patadas son mucho más fuertes ahora –comentó Lizzy.

La reina sonrió.

–A veces siento como si quisiera abrirse paso para llegar al mundo a través de mis carnes. Me ha encantado la experiencia de estar embarazada, pero te confieso que ya tengo ganas de que nazca –admitió apretándole la mano–. Has sido de una ayuda maravillosa durante estos meses. Tengo la sensación de que no te lo agradezco lo suficiente.

Lizzy se sintió culpable, pues lo cierto era que la reina se lo agradecía constantemente y ella la había traicionado rompiendo la norma sagrada según la cual una empleada no debía tener contacto con un miembro de la familia real.

Menos mal que la reina jamás se enteraría.

–Bueno, te dejo para que puedas seguir trabajando. No te quedes hasta muy tarde.

–No, señora –contestó Lizzy.

La reina fue hacia la puerta y, una vez allí, se giró.

–Elizabeth, está bien hacer que los hombres nos cortejen, pero no hay que pasarse.

Así que había escuchado la conversación. Lizzy se sonrojó e intentó buscar algo que decir, pero antes de que se le ocurriera nada, la reina había desaparecido.

Lizzy se dijo que, si la reina hubiera sospechado con quién estaba hablando, habría sido un desastre.

En aquel momento, percibió el vibrador de su teléfono y miró la pantalla. Era Maddie. La había llamado, por lo menos, diez veces.

–Estoy trabajando –le dijo.

–Ya lo sé, pero me estoy muriendo de intriga –contestó su amiga–. ¿Qué tal anoche?

–Fue una experiencia... maravillosa –contestó Lizzy en voz baja.

Maddie se rió encantada.

–¿Me estás diciendo que se acabó el año de abstinencia?

–Sí.

–¡Fantástico! ¿Y quién es él? ¿Lo conozco? ¿Vas a volver a verlo? ¡Cuéntamelo todo! ¡Quiero saberlo todo!

Por desgracia, no podía contarle mucho. Teniendo en cuenta la opinión que Maddie tenía sobre la familia real, interpretaría las acciones de Lizzy como una especie de motín y, además, Lizzy decidió que era mejor que nadie supiera lo que había hecho.

–Todo ha terminado. Sólo ha sido una noche.

–¿Por qué? –se extrañó Maddie–. ¿No ha querido saber nada de ti después de haberos acostado? –añadió furiosa.

Lizzy se rió. Maddie siempre estaba protegiéndola, guardándole las espaldas. Si no hubiera sido por ella, probablemente, no habría sobrevivido a su divorcio.

–No, he sido yo. Le he dicho que sólo quería una noche.

—¿Tan mal ha estado en la cama?

Lizzy volvió a reírse.

—No, lo cierto es que estuvo fantástico, pero no me apetece tener una relación.

—¿Y quién es?

—Alguien que no me conviene en absoluto.

—¿Otro artista?

—Más o menos.

—Pues siento mucho que no haya salido bien, pero me alegro mucho más todavía de que te hayas lanzado.

Lizzy también se alegraba aunque aquella noche sería la última vez que vería a Ethan. Había quedado con él para devolverle el reloj, pero nada más.

Charles lo estaba esperando en el bar, sentado a la mesa de siempre, junto a la chimenea, justo debajo de la pantalla de televisión… flirteando con una camarera joven y atractiva.

Las mujeres lo encontraban encantador e irresistible y a muchos hombres les hubiera gustado ser como él.

Charles estaba con una mujer diferente cada semana y, a veces, con varias a la vez. Salir con mujeres era como un deporte para él y, aunque jamás le había dado a entender a ninguna de ellas que su relación era exclusiva, todas parecían creer que podrían cambiarlo, pero Ethan lo dudaba seriamente.

La camarera se alejó y Charles la siguió con la mirada. Ethan cruzó el bar y se sentó.

—Muy mona —comentó.

Charles asintió.

–No me suena.

–Empezó a trabajar aquí el miércoles. Tiene un cuerpo maravilloso, ¿no te parece? –contestó Charles fijándose en el trasero de la chica.

–¿Ya le has pedido salir?

–Hemos quedado esta noche para tomar una copa –contestó muy sonriente.

–Desde luego, no pierdes el tiempo –se rió Ethan.

–¿Para qué? Hay que aprovechar el presente –contestó Charles dándole un trago a su copa–. Bueno, háblame de esa mujer. ¿La conozco?

–No creo. Yo la conocí en la gala de la otra noche.

–¿La del vestido dorado?

Ethan asintió.

–¿La conoces? –le preguntó a su primo.

–No aunque la cosa es que, cuando la vi, me sonó de algo. La iba a invitar a bailar, pero te me adelantaste. ¿Quién es? ¿De qué familia procede?

–No es de ninguna familia conocida –contestó Ethan encogiéndose de hombros–. Es secretaria y vive en un pequeño apartamento en la ciudad.

–¿Y vas en serio con ella?

–Sólo ha sido una aventura de una noche, sexo –le explicó Ethan–. Eso es lo que ella ha querido –aclaró.

–Ésa es de las que me gustan a mí.

–Yo quiero más.

–¿Más sexo?

–Más... algo –contestó Ethan encogiéndose de hombros–. Me gusta de verdad.

–No hace falta que te diga lo que va a opinar tu hermano de esto.

–Hermanastro –lo corrigió Ethan automáticamente–. ¿Y a mí qué más da lo que piense Phillip?

Phillip no dejaba pasar la oportunidad de recordarle que era ilegítimo aunque fuera simplemente con una mirada de desprecio.

–Quizás debería empezar a importarte porque estás en una situación delicada con eso de la sociedad.

–Si se le ocurriera abandonarla ahora, Sophie se lo comería.

–No le tiene ningún miedo a Sophie y lo sabes perfectamente. Phillip puede hacerte la vida imposible –le advirtió Charles.

Si Charles lo decía debía de ser por algo, pues Phillip y él eran amigos desde pequeños. Aunque Ethan confiaba en Charles, mantenía una relación complicada con él y tenía cuidado de lo que decía en su presencia, sobre todo en lo concerniente a la sociedad. Para empezar y entre otras cosas porque Charles era abogado de la familia real. Aun así, al igual que Sophie, lo había recibido con los brazos abiertos y lo había tratado como a un igual, cosa que Ethan le agradecía sinceramente.

–Hablando de trabajo, he estado recabando información sobre el hotel Houghton, tal y como me pediste –comentó Charles cambiando de tema.

Los Houghton tenían un hotel desde hacía generaciones que estaba situado junto al edificio que la familia real estaba reformando en una de las zonas de la isla más exclusivas y preferidas por el turismo.

–¿Y tú crees que están dispuestos a vender?

–Si no quieren vender, podríamos comprarlo en subasta dentro de unos meses porque el cabeza de familia se ha metido en una serie de problemas financieros. Por lo visto, hace tiempo que no paga impuestos, así que le van a embargar la propiedad.

–¿Qué me sugieres que hagamos?

–Deberíamos hacerle una oferta que no pudiera rechazar y deberíamos hacerlo cuanto antes. Si el hotel sale a subasta y hay alguien más interesado aparte de nosotros, corremos el riesgo de tener que pagar más de lo que vale actualmente por hacernos con él.

–Me parece bien. Entonces prepara una propuesta para que podamos presentársela al consejo.

–Ya la estoy elaborando.

Tras hablar de negocios, Charles le contó que la noche anterior había conocido a una chica fantástica y aquello hizo que Ethan se acordara de Lizzy y se preguntara cómo iba a conseguir que lo dejara entrar en su casa.

Lo cierto era que Lizzy no se había mostrado muy difícil hasta el momento y, además, él siempre conseguía lo que quería.

Capítulo Seis

Aquella noche, cuando Ethan llamó a la puerta, Lizzy ya estaba preparada. La idea era entregarle el reloj, decirle adiós y cerrar la puerta y, si volvía a llamar, no abrir bajo ningún concepto.

En un primer momento, había pensado en abrir la puerta con la cadena echada, pero había decidido no hacerlo, pues debía confiar en sí misma. Al fin y al cabo, no era tan débil como para no poder verlo cara a cara sin caer rendida a sus pies.

Sin embargo, llevaba todo el día esperando a verlo y, mientras abría la puerta, sintió que el corazón le latía aceleradamente.

Cuando lo vio, deliciosamente ataviado de pies a cabeza de negro le pareció peligroso. Sí, era cierto que aquel hombre era peligroso para ella. Para empezar, no debía enterarse jamás de quién era. Por eso, debía sacarlo de su vida para siempre.

–Pareces un ladrón –comentó.

Ethan sonrió y se apoyó en el marco de la puerta.

–Sí, y te encanta.

Sí, lo cierto era que le encantaba.

«Dale el reloj y cierra la puerta».

–Toma –le dijo Lizzy entregándole el reloj.

Ethan lo aceptó.

–¿No me vas a invitar a pasar?

–Creía que ya habíamos hablado de esto por teléfono.

Ethan sonrió y Lizzy sintió que las piernas le temblaban.

–Supongo que lo dijiste porque se te había olvidado que te parezco completamente irresistible.

Lizzy se cruzó de brazos.

–Madre mía, qué opinión tan alta tienes de ti mismo.

–Yo sólo digo lo que veo –contestó Ethan encogiéndose de hombros.

Lizzy estaba a punto de cerrar la puerta cuando oyó pasos en las escaleras. Al asomarse, casi le dio un infarto cuando vio que se trataba de Roger. Su ex marido se había parado al llegar al rellano y mantenía la mirada baja, fija en algo que llevaba en la mano. Dinero. Estaba contando dinero.

¡Maldición! No podía permitir que Roger viera a Ethan porque lo reconocería inmediatamente y su ex marido sabía cuáles eran las normas de palacio. Lizzy sabía que Roger le podía causar problemas, así que hizo lo único que podía hacer, agarró a Ethan de la cazadora de cuero y lo metió dentro de su casa, cerrando la puerta a toda velocidad a continuación.

–Menos mal que no me querías dejar entrar –sonrió Ethan cuando se recuperó de la sorpresa.

–¡Shh! –le ordenó Lizzy–. No hables –murmuró–. Te lo digo en serio –le advirtió cuando llamaron a la puerta.

Acto seguido, abrió con la cadena puesta.

–¿Qué quieres? –le preguntó a su ex marido.

–Hola, cariño, ¿tienes compañía?

–No.

–¿De verdad? Me ha parecido ver entrar a alguien en tu casa.

–Pues te has confundido.

Roger se encogió de hombros y sonrió con aquella sonrisa bobalicona que Lizzy no entendía cómo podía haber encontrado encantadora unos años atrás.

–¿Qué te parece si te invito a cenar?

–Ya he cenado.

–Entonces salgamos a tomar una copa –insistió Roger mostrándole el dinero que llevaba en la mano como si fuera un cebo.

–Preferiría que me despellejaran con un rallador de queso.

Lizzy oyó que Ethan se reía sofocadamente a sus espaldas. Roger, sin embargo, no parecía divertido en absoluto. La estaba mirando con asco.

–Tú tan estrecha como siempre –le espetó con compasión–. No me extraña que sigas sola. A este paso, te vas a quedar para vestir santos.

Aunque Lizzy se había dicho a sí misma en incontables ocasiones que no debía permitir que lo que Roger le dijera le hiciera daño, todavía se lo hacía. Aquel hombre sabía exactamente cuáles eran sus puntos débiles.

Era cierto que durante su último año de casados Lizzy se había mostrado bastante fría con él. Evidentemente, había sido porque, cada vez que la tocaba, consciente de sus infidelidades, se lo imaginaba con otra mujer.

Lo cierto era que no se había separado de él después de la primera infidelidad, pero nunca había conseguido perdonarlo del todo. Tal vez, si lo hubiera hecho, Roger no le habría vuelto a ser infiel.

«Ya estamos otra vez, culpándome a mí misma», pensó.

–Última oportunidad –dijo Roger pasándole el dinero por las narices.

–Quédate con el dinero –le dijo Lizzy–. Estamos en paz –añadió dándose el gustazo de cerrarle la puerta en la cara.

A continuación, apoyó la frente en la puerta, cerró los ojos y suspiró.

–A ver si lo adivino –comentó Ethan–. ¿Era Roger?

Lizzy asintió.

–Un tipo encantador.

–Demasiado encantador.

–Para que lo sepas, eres la mujer menos estrecha que he conocido en mi vida.

¿Por qué tenía que ser tan encantador él también? ¿Por qué no podía ser el canalla arrogante que coleccionaba mujeres que le habían contado que era?

–Ya te podrás imaginar lo que esto significa –comentó Lizzy.

–¿Qué significa?

–Solamente para demostrarte que Roger no tiene razón, me voy a tener que volver a acostar contigo.

–¿Sexo por despecho?

–¿Algún problema?

Ethan negó con la cabeza.

–Siempre y cuando te des cuenta de que no tienes nada que demostrarme porque yo sé lo apasionada que eres.

No era a Ethan a quien necesitaba demostrárselo. En realidad, tal vez, no necesitara demostrárselo a nadie. Quizás solamente estaba buscando una excusa para volver a acostarse con él.

Sí, se iba a volver a acostar con él, iba a pasar la noche entera con él y, luego, no volvería a verlo.

Ethan llevó a Lizzy a su dormitorio besándola y desnudándola a la vez. Su blusa salió volando y el sujetador la siguió. Por lo visto, no se había fijado en que sus pechos no eran precisamente voluptuosos, o, tal vez, sí se había fijado, pero le daba igual. No a todos los hombres les gustaban los pechos grandes.

Roger, sin embargo, le había comentado en varias ocasiones que tendría que operarse. A él se le daba fenomenal encontrar las imperfecciones físicas de todo el mundo. A ella le había encontrado incluso otras además de las físicas, pero Lizzy se había dado cuenta después de separarse de él de que era todo mentira.

«No es el momento de estar pensando Roger», se dijo.

Así que Ethan parecía perfectamente contento con sus pechos y estaba más que concentrado en aquellos momentos en desabrocharle los vaqueros y en quitárselos. Lizzy decidió ayudarlo y, como recompensa, Ethan deslizó la mano entre sus piernas y la tocó por encima de las braguitas.

Fue una caricia suave, pero tan erótica que Lizzy se estremeció.

—Túmbate —le ordenó Ethan.

Lizzy obedeció, estremeciéndose de placer ante

lo que sabía que iba a suceder. Ethan se arrodilló en la cama, entre sus piernas. Todavía estaba completamente vestido. Una vez le hubo quitado las braguitas, se quedó mirándola fijamente.

–Eres preciosa.

Lizzy intentó contestar algo gracioso, pero no pudo. Ethan le puso las manos sobre los muslos y se los separó. Lizzy notó por su lenguaje corporal y su expresión facial lo que iba a hacer a continuación.

Y no se equivocó.

Ethan bajó la cabeza. Cuando Lizzy sintió su boca en la parte interna del muslo, le pareció tan erótico que estuvo a punto de dar un respingo.

–¿Bien o mal? –le preguntó Ethan mirándola.

–Bien –gimió Lizzy.

–¿Estás segura? Te lo digo porque, si no, paro.

–¡No! –exclamó Lizzy alto y claro.

Ethan le acarició la parte interna del muslo, comenzando en la rodilla y subiendo lentamente. A continuación, volvió a bajar la cabeza y comenzó a acariciarla con la lengua. La sensación fue tan explosiva que Lizzy apenas podía aguantarla y tuvo que girar la cabeza y esconder la boca en la almohada para ahogar los gritos de placer.

Hacía tanto tiempo, demasiado tiempo, que un hombre no la tocaba así que quería que durara una eternidad, pero el orgasmo estaba llegando, Lizzy sentía que su cuerpo se tensaba y se aferró a las sábanas con fuerza, clavando los talones en el colchón mientras todos los músculos de su cuerpo vibraban.

Una oleada tras otra de placer la fue invadiendo y Lizzy se dejó ir, sintiéndose desmadejada y saciada.

–¿Sigues aquí conmigo? –le preguntó Ethan.

Lizzy abrió los ojos, lo vio arrodillado sobre ella y sonrió encantada.

–Oh, así.

–¿Estás bien?

–Mmm... ha sido... –suspiró incapaz de encontrar las palabras exactas para describir cómo se sentía–. Guau –dijo por fin al no encontrar una manera mejor de expresarse.

Era oficial.

Ethan acababa de pasar la mejor noche de sexo de su vida. Lizzy y él estaban tumbados en la cama, uno al lado del otro, desnudos, sudados, con la respiración entrecortada y demasiado cansados como para moverse.

–¿Qué hora es? –le preguntó Lizzy.

–¿Por qué? ¿Me vas a volver a echar porque también trabajas los domingos?

–No, no te voy a volver a echar, pero es que no veo el reloj desde aquí y siento curiosidad por saber cuánto tiempo llevamos haciéndolo.

Ethan alargó el cuello.

–Son las doce menos veinte.

–Tres horas y media. Guau.

Ethan sentía arañazos nuevos en la espalda. Si seguían así, le iba a tener que decir a Lizzy que se cortara las uñas o que se pusiera guantes, pero según ella, aquello no se iba a volver a repetir.

–¿Te puedo hacer una pregunta? –le dijo.

–Claro que sí –contestó Lizzy.

–¿Por qué dejas que lo que te dice tu ex marido te moleste?

Lizzy suspiró.

–Es complicado.

–¿Me estás diciendo que no es asunto mío?

Lizzy se quedó pensativa.

–La segunda vez que sorprendí a Roger engañándome, me dijo que era por mi culpa, que yo era
tan fría que lo obligaba a buscar a otras mujeres.

–Tú no eres fría.

–Entonces puede que sí lo fuera porque es difícil acostarse con una persona y entregarse completamente cuando sabes que esa persona te ha sido
infiel.

–Te fue infiel porque le dio la gana, no fue culpa tuya.

–Puede que no, pero sabe que me molesta que
me lo diga, así que, cuando se enfada conmigo, es
lo primero que me suele echar en cara –le explicó
Lizzy tumbándose boca abajo, acodándose y apoyando la mandíbula en las manos.

El pelo le caía por los hombros y por la espalda
y Ethan alargó el brazo y le acarició un rizo.

–¿Has estado casado alguna vez?

–No.

–¿Y no has estado nunca cerca de estarlo?

–Nunca.

–¿Estás en contra del matrimonio?

–No, la verdad es que no, pero es que nunca he
conocido a ninguna mujer con la que me haya apetecido pasar el resto de mi vida.

–¿Y si la encontraras?

–¿Por qué me lo preguntas? ¿Te interesa el puesto?

–¡Claro que no! –se obligó a exclamar Lizzy–. No
te ofendas.

–No me ofendo.

–No es por ti. Es que no me quiero volver a casar. Con nadie. Mientras estuve casada con Roger me sentía... sentía que no controlaba nada.

–Y te gusta tener las cosas controladas.

Lizzy asintió.

–Soy la primera en admitir que me gusta tenerlo todo controlado, soy la loca del control. Me costó mucho volver a centrarme. De hecho, creo que todavía no lo tengo todo bajo control.

–Para que lo sepas, yo no tengo ninguna prisa por casarme. Me encanta ser libre.

Dicho aquello, permanecieron ambos en silencio durante un par de minutos.

–¿Te puedo hacer una pregunta? –le dijo Lizzy.

–Claro que sí.

–¿Cuándo averiguaste quién eras? ¿O siempre lo supiste?

–¿Te refieres de manera trascendente o de manera genética?

–De manera genética.

Ethan no se sentía avergonzado en absoluto de su padre, pero tampoco le gustaba hablar de él. Prefería mantener su vida privada en privado, pero por alguna razón, hablar con Lizzy no le importaba. Seguramente, porque ella era muy sincera con él.

–Me enteré estando en la universidad.

–¿Te lo dijo tu madre?

–No, murió antes de poder decírmelo. La verdad es que no creo que me lo hubiera dicho nunca. Su versión era que mi padre era un hombre de negocios que viajaba mucho y que no tenía tiempo para nosotros

Lo cierto era que Ethan se había preguntado muchas veces por qué su madre no le había contado la verdad. ¿Habría sido para protegerlo a él o para protegerse a sí misma?

–¿Vivías en Estados Unidos?

–Sí, en Nueva York. Nos fuimos a vivir allí cuando yo era pequeño, pero ella nació aquí, en la isla de Morgan.

–¿Murió joven?

–Sí, muy joven, sólo tenía treinta y nueve años.

–¿Estaba enferma?

–No, tuvo un accidente de coche. Estaba ordenando sus cosas después de su muerte cuando encontré ciertos documentos. Por lo visto, mis padres habían hecho un trato según el cual, si mantenía la boca cerrada, recibiría un cheque mensual hasta que yo cumpliera dieciocho años. Si, por el contrario, le contaba a alguien la verdad, el dinero se acabaría.

–Eso lo entiendo porque el rey no querría que se supiera nada de todo aquello. No le gustaban los escándalos.

–El acuerdo no era con el rey sino con la madre de Phillip, con la antigua reina.

Lizzy se quedó mirándolo perpleja.

–¿Era la reina la que le daba el dinero a tu madre?

Ethan asintió.

–Si quieres que te diga la verdad, yo no sé si mi padre sabía de mi existencia y, probablemente, nunca lo sabré. Cuando la reina murió, Sophie se enteró de la verdad más o menos de la misma manera que yo y se puso en contacto conmigo para invitarme a venir.

–¿Crees que habrías contactado con la familia real si no lo hubiera hecho ella?

–Seguramente, no –contestó Ethan girándose hacia ella–, pero me alegro de que Sophie haya aparecido en mi vida.

–¿Y el rey?

–Nos toleramos.

Lo cierto era que apenas se toleraban, pero eran hermanastros y no tenían más remedio que fingir. A Ethan no le apetecía seguir hablando de todo aquello. Era deprimente, así que alargó el brazo y le acarició el pelo a Lizzy.

–Me gustaría invitarte a salir –le dijo.

–¿Ahora?

–Ahora o mañana o cuando tú quieras.

–No puedo –contestó Lizzy desviando la mirada.

Aquella mujer lo sorprendía. Por lo visto, cada vez que conectaban, ella se empeñaba en cortar la conexión. Hasta aquel momento de su vida, a él le había sucedido todo lo contrario. Siempre eran las mujeres las que querían tener una relación, pero Lizzy era diferente.

–Claro que puedes. No quieres comprometerte y yo, tampoco. Es perfecto.

–No funcionaría.

Ethan le acarició la espalda y Lizzy ronroneó de gusto.

–A mí me parece que todo entre nosotros funciona de maravilla.

–Sabes perfectamente a lo que me refiero. No nos parecemos en nada.

La mayoría de las mujeres lo buscaban por su dinero y aquélla era la primera vez que conocía a una que se sentía intimidada por él.

–Lizzy, no te estoy pidiendo que te cases conmigo. Sólo que salgamos a cenar. Además, quiero que sepas que he salido con muchas mujeres de mi clase social. A lo mejor es que estoy buscando algo diferente.

–Ya, pero puede que yo no.

–¿Y cómo lo vas a saber si no lo intentas?

Lizzy gimió y dejó caer la cabeza sobre la almohada.

–¿Te han dicho alguna vez que eres increíblemente cabezota?

Ethan sonrió.

–Me lo han dicho muchas veces –admitió–. Quiero que sepas que, normalmente, siempre consigo lo que quiero. Una cita. Sólo te estoy pidiendo una cita.

Lizzy lo miró a los ojos.

–No puedo –contestó apenada–. Me encantaría salir contigo, de verdad, pero no puedo. ¿Por qué no disfrutamos de esta noche y ya está?

¿Y el cabezota era él?

–Si eso es lo que tú quieres… –contestó Ethan.

–Sí, es lo que yo quiero.

Era cierto que Ethan estaba acostumbrado a obtener siempre lo que quería y, en aquella ocasión, la quería a ella. Aunque le costara tiempo, la iba a conseguir. Tarde o temprano, Lizzy accedería a salir con él.

Capítulo Siete

Lizzy se despertó lentamente al percibir que olía muy bien. Al instante, se dio cuenta de que era beicon y café recién hecho. Se le ocurrió que, tal vez, estuviera soñando, pero el ruido de los platos le indicó que no era así.

Había dos posibilidades... que alguien hubiera entrado en su casa o que Ethan estuviera haciendo el desayuno.

Lizzy recordó entonces que no siempre había sido un príncipe rico. Ethan era un millonario hecho a sí mismo y rechazado por el hombre que lo había engendrado. Hacía poco tiempo que había conectado con la familia real.

Nada de todo aquello cambiaba la situación. Ethan podía hacer que la despidieran.

Lizzy se incorporó y consultó la hora. Eran más de las nueve. Jamás dormía hasta tan tarde. Ni siquiera los domingos. Claro que eso era lo que debía de pasar cuando se estaba toda la noche practicando sexo.

Había sido una experiencia maravillosa, pero tenía que ponerle punto final, así que se levantó, se puso la bata y pasó al baño para cepillarse el pelo y lavarse los dientes. Allí, comprobó que una de las toallas estaba mojada, lo que significaba que Ethan se había duchado. Lizzy no entendía cómo no había oído el agua.

Lo encontró en la cocina, de espaldas a ella, ataviado con sus pantalones y su camisa, que llevaba remangada hasta el codo. Tenía el pelo mojado y peinado hacia atrás e iba descalzo. Lizzy se quedó mirándolo desde la puerta. No sabía por qué, pero se le antojó de lo más sexy que hubiera un hombre descalzo, recién duchado en su cocina haciendo el desayuno.

Lizzy sintió algo muy íntimo, una conexión maravillosa con él, pero se dijo que debía controlar sus emociones porque aquélla era la primera y la última vez que iba a ver a Ethan en aquella situación.

—Buenos días, hay café recién hecho —anunció Ethan sin ni siquiera girarse.

—¿Cómo sabías que estaba aquí? —le preguntó Lizzy sorprendida.

Ethan se giró hacia ella. Llevaba la camisa desabrochada. Al instante, Lizzy sintió que no le apetecía desayunar. Le apetecía más comérselo a él.

—Porque percibo tus pensamientos —contestó Ethan—. En estos momentos, estás dilucidando qué vas a hacer para deshacerte de mí.

¿Cómo era posible?

—¿De verdad?

—No. Sabía que estabas ahí porque he visto tu reflejo en el microondas. Lo otro me lo ha dicho mi intuición. Es cierto, ¿verdad?

Lizzy prefería no contestar a aquella pregunta.

—Qué pronto te levantas —comentó aunque era tarde para ella.

—No suelo dormir demasiado.

Lizzy se acercó. Tenía hambre.

—¿Qué estás preparando?

–Huevos con beicon. Espero que no te importe que me haya instalado como si estuviera en mi casa.

Aunque le hubiera importado, ya era demasiado tarde para hacer nada y, además, era agradable que la casa no estuviera vacía y en silencio. Claro que jamás lo admitiría delante de Ethan.

Por otro lado, le gustaba estar sola, vivir con un horario propio, establecer sus propias reglas, comer cuando le daba la gana, dormir cuando tenía sueño, no tener que pelearse con nadie para controlar el mando de la televisión.

Apreciaba mucho todas aquellas cosas.

–Jamás hubiera dicho que te gustara cocinar –comentó sentándose a la mesa.

–Soy mucho más que una cara bonita. De hecho, todavía hay muchas cosas que no sabes de mí –contestó Ethan abriendo el armario que había junto al fregadero y sacando dos tazas–. ¿Cómo te gusta el café?

–Con leche y azúcar.

Era algo incómodo lo rápido que Ethan se había hecho con su cocina, la facilidad con la que se había instalado en su vida. Le estaba bien empleado por no haberlo echado la noche anterior.

Ethan le sirvió el café y lo dejó en la mesa frente a ella.

–¿Y cómo es que un príncipe millonario necesita saber cocinar? –quiso saber Lizzy mientras probaba el café.

–No siempre he tenido dinero –contestó Ethan dándole la vuelta al beicon que tenía en una de las sartenes–. Además, me gusta cocinar.

–¿Cómo terminaste siendo empresario de hostelería?

–Comencé a trabajar mientras estudiaba en la universidad. Empecé de botones.

–¿De verdad?

A Lizzy le costaba imaginarse a Ethan llevando las maletas de los demás. Los miembros de la familia real ni siquiera llevaban su propio equipaje.

–Empecé desde lo más bajo.

–¿Y cómo se llega a ser propietario siendo botones?

–Trabajando mucho y teniendo un socio rico –contestó Ethan girándose hacia ella y sonriendo.

Un socio que se había hecho todavía más rico desde que le había robado y había desaparecido con el dinero, pero Lizzy no mencionó nada de aquello, pues Ethan se preguntaría cómo había tenido acceso ella a aquella información y se habría visto obligada a admitir que le había llegado directamente de la familia real. Obtener información era una gran ventaja de ser invisible. La gente decía cosas en su presencia que, normalmente, no admitiría.

–Estamos jugando en desventaja porque tú sabes muchas cosas de mí y yo no sé casi nada de ti –comentó Ethan.

Y así pretendía Lizzy que siguiera siendo.

Lizzy se puso en pie se acercó a la ventana y observó el tráfico. El cielo estaba encapotado y llovía suavemente.

–No hay mucho que contar.

–¿Has vivido siempre aquí?

–No, antes vivía en Inglaterra. Mi madre y mis dos hermanas siguen viviendo allí. Yo me vine aquí para estudiar en la universidad con una beca.

–¿Eres la mayor o la menor?

–Y qué más da? –contestó Lizzy girándose hacia él con la intención de decirle que se fuera–. Eres como un gato –comentó al ver que le tenía justo detrás de ella y que no lo había oído.

Ethan sonrió, la agarró del cinturón de la bata y se la abrió.

–Pero si no llevas nada debajo –comentó encantado.

Lizzy intentó abrocharse la prenda a toda velocidad, pero era demasiado tarde. Ethan ya la estaba acariciando y, cuando la acariciaba, perdía la habilidad de pensar con lógica.

Ethan inclinó la cabeza y comenzó a morderle el cuello, haciendo que Lizzy se estremeciera de placer.

–Espero que no tuvieras planes para hoy.

Lizzy apenas los recordaba ya, le era imposible pensar cuando sentía los labios de Ethan en el cuello, su aliento caliente sobre la piel y sus manos grandes y cálidas sobre los pechos.

–Deberías irte –intentó protestar a pesar de que ambos sabían que eso no iba a suceder, pues Ethan ya la estaba llevando hacia el dormitorio–. La comida –le recordó.

Pero Ethan estaba devorando su piel y, por cómo la estaba mirando, Lizzy comprendió que se había olvidado del desayuno.

–La verdad es que prefiero comerte a ti –le dijo sonriendo de manera inequívoca.

La verdad era que a Lizzy le pareció una idea maravillosa, así que no tuvo nada que objetar, pero se dijo que, en cuanto hubieran «desayunado», Ethan tenía que irse.

Cuando Ethan se fue era ya de noche. Cuando lo hizo, le dijo que tenía que viajar a Estados Unidos el lunes por la mañana y que no volvería hasta el viernes. Lizzy se sintió inmensamente aliviada. Con un poco de suerte, conocería a otra mujer y se olvidaría de ella.

Sin embargo, el lunes por la noche recibió un ramo de flores. Se trataba de un ramo muy colorido y atado con un lazo. El conjunto era silvestre, bonito y delicado. Había una nota escrita a mano. *Estas flores me han recordado a ti.* No estaba firmada, pero Lizzy sabía muy bien de quién eran.

El martes llegó otro ramo. Aquél era más grande y más colorido todavía. La nota era más sencilla. *Te echo de menos.* El miércoles llegó un tercer ramo y el jueves, el cuarto. Para entonces, toda la casa de Lizzy olía a flores recién cortadas.

El viernes estaba muy nerviosa y se moría por verlo. Lo echaba tanto de menos que incluso se fue antes del trabajo para arreglarse un poco. Mientras esperaba, se sentó ante el televisor y estuvo haciendo zapping, pendiente de la puerta. Al final, eligió una película de un grupo de mujeres que se iban de viaje, pero no conseguía concentrarse.

A las diez de la noche, comenzó a sospechar que Ethan no iba a parecer. A las once, la decepción la había paralizado. A medianoche, apagó la televisión y se fue a la cama.

Debía de haber ocurrido algo entre el momento en el que Ethan compró las flores el jueves y el momento en el que bajó del avión. Lizzy se dijo que debía sentirse aliviada de que todo hubiera terminado, pero se sentía fatal.

Se había enamorado de él. Hasta los huesos. Ella, una secretaria, se había enamorado completamente del príncipe de la isla de Morgan.

Lo único bueno de que lo suyo hubiera terminado era que ahora no tendría que encontrar la manera de confesarle quién era.

El sábado no consiguió concentrarse en el trabajo y se dijo una y otra vez que aquello era lo mejor que le podía haber sucedido.

¿Qué esperaba? ¿Creía que Ethan la iba a convertir en princesa? Ni siquiera era eso lo que ella quería, pues sabía muy bien que la vida de un miembro de la familia real era angustiosa ya que estaban bajo el constante escrutinio de millones de personas. Ver su nombre casi todos los días en la prensa le resultaría insoportable.

A mediodía, cuando la reina la llamó a su suite, estaba convencida de que no volver a ver Ethan sería lo mejor.

Al llegar a la habitación, llamó a la puerta y la reina le dijo que podía pasar. Así que Lizzy entró y cerró la puerta. La reina estaba sentada en su butaca preferida, con los pies en alto. Había un hombre sentado en el sofá. Lizzy tardó unos segundos en darse cuenta de que era Ethan. Se quedó helada.

Se le pasó por la cabeza darse la vuelta y salir corriendo o taparse la cara con la agenda de cuero que llevaba en la mano, pero se había quedado tan sorprendida que no pudo ni parpadear.

En aquellos momentos, tenía la sensación de ser un cervatillo al que sorprenden los faros de un coche.

Ethan levantó la mirada, sus ojos la detectaron, pero pasaron de largo... una empleada normal y corriente... Lizzy aguantó el aliento... de repente, la mirada de Ethan volvió rápidamente sobre ella.

La había reconocido.

Maldición.

Aquello tenía que suceder tarde o temprano y Lizzy lo había temido desde que Ethan le había pedido bailar en la gala y ella no le había contado la verdad. Había sido sólo cuestión de tiempo.

—Elizabeth, ¿qué agenda tengo para el dieciocho de junio? –le preguntó la reina.

Lizzy estaba paralizada. Ethan la miraba fijamente y era evidente que no estaba contento.

—Elizabeth, ¿estás bien ? –le preguntó la reina preocupada.

Lizzy se obligó a recuperar la compostura y a sonreír.

—Sí, lo siento. ¿Qué me había preguntado, señora?

—Quiero saber los compromisos que tengo para el dieciocho de junio. El príncipe quiere que vaya a ver el hotel –contestó la reina–. Por cierto, ¿os conocéis?

—No, señora, no nos conocemos –contestó Lizzy para que Ethan le siguiera el juego y no la pusiera en evidencia.

—Ethan, te presento a mi secretaria, Elizabeth Pryce.

Lizzy le hizo la reverencia formal a pesar de que sabía que a Ethan no le hacía ninguna gracia. No tenía opción. Era miembro de la familia real. Por lo menos, en teoría. Por lo menos, en aquellos momentos. Cuando estaba desnudo en su cama, cuando sentía sus manos por todo el cuerpo, entonces sólo era Ethan.

Pero tenía la sensación de que aquello no iba a volver a suceder.

Ethan sonrió y se dirigió a ella educadamente.

–Buenos días, señora Pryce –la saludó–. ¿O es señorita? –añadió a pesar de que sabía perfectamente que estaba divorciada.

Lizzy se dijo que le estaba bien empleado que la estuviera tratando con sarcasmo. Debería haber sido sincera desde el primer momento, desde el primer baile. Claro que, si le hubiera dicho desde el principio quién era, se habría perdido los maravillosos días que había pasado con él y lo cierto era que no estaba dispuesta a cambiar aquello por nada.

Aquel hombre había hecho que se sintiera viva de nuevo, que se volviera a sentir una persona completa y siempre le estaría agradecida por ello.

–Señorita –contestó Lizzy abriendo la agenda de cuero y consultando el calendario de la reina–. El dieciocho de junio por la mañana tiene usted una reunión con el presidente de la Fundación Infantil Hausworth, pero por la tarde está libre.

–¡Perfecto! –exclamó la reina–. Por favor, anota que por la tarde voy a ir a ver el hotel.

–Por supuesto, señora.

–¿Te parece bien a la una? –le preguntó la reina a Ethan.

–Muy bien –contestó él poniéndose en pie–. Ahora, debo irme. Gracias por el consejo.

Se estaba mostrando agradable y educado, pero Lizzy se percató de que, bajo aquella fachada de normalidad, estaba muy enfadado.

No era para menos.

–Ya nos veremos –se despidió la reina muy sonriente.

Ethan fue hacia la puerta, mirando fijamente a Lizzy, que se apresuró a quitarse del medio como si le tuviera miedo. ¿Qué consejo le habría dado la reina?

–Encantado de conocerla, señorita Pryce –se despidió mirándola furioso.

–Alteza –contestó Lizzy volviéndole a hacer una reverencia.

Ethan salió y cerró la puerta y Lizzy tomó aire profundamente.

–Es un encanto –declaró la reina–. Y muy guapo.

Lizzy asintió sin querer dar importancia al comentario.

–¿No te parece? –insistió la reina.

¿Acaso sospechaba algo? Lizzy no quería que la reina supiera que Ethan le parecía guapo, pero tampoco quería pasarse de la raya y hacerla sospechar si tampoco comentaba nada al respecto, así que optó por algo ambiguo.

–Se parece mucho al rey.

–Sí, los dos son muy cabezotas –suspiró la reina–. Bueno, ya se llevarán bien algún día.

Lizzy lo dudaba mucho.

–¿Necesita algo más, señora?

–No, Elizabeth, puedes irte. Si necesito algo, te haré llamar.

Lizzy le hizo una reverencia, abrió la puerta y salió al pasillo. Una vez a solas, se dio cuenta de la gravedad de lo que acababa de suceder. Se lo tenía bien merecido. Ojalá Ethan se apiadara de ella y no informara de lo que había hecho a la familia real, pero lo cierto era que estaba en su derecho de echarla a los lobos.

Capítulo Ocho

Lizzy volvió al ala administrativa en la que estaba ubicado su despacho. Menos mal que no se había encontrado con nadie. Al ser sábado, había poca gente trabajando. Entró en su despacho, fue hacia su mesa, se sentó y dejó la agenda de cuero sobre ella.

La había llevado tan fuertemente aferrada que tenía los nudillos blancos, señal inequívoca de que estaba tensa.

De repente, oyó que la puerta se cerraba a sus espaldas y se giró sorprendida.

Ethan la estaba mirando.

—Así que sólo eras una secretaria, ¿eh? La señorita Sinclaire.

Ya no estaban en presencia de la reina y ya no tenía que controlarse. Tenía las emociones a flor de piel. Lizzy se dio cuenta de que estaba enfadado, herido y lívido.

—Sinclaire es mi apellido de casada. Te quería contar la verdad. Te la tendría que haber contado.

—No me digas.

—Lo siento.

—¿Lo tenías todo planeado? —le espetó Ethan—. ¿Querías seducirme para entrar a formar parte de la familia?

¿Planeado? ¿Estaba de broma? ¿Y cómo tenía el

arrojo de decir que había sido ella la que lo había seducido a él?

—Eso no es justo —contestó Lizzy procurando no subir el tono de voz—. No he sido completamente sincera contigo, pero sabes perfectamente que has sido tú el que me ha buscado. Fuiste tú quien me pidió bailar y has sido tú el que se ha presentado en mi casa.

—¿Y no has sentido en ningún momento la necesidad de decirme quién eras en realidad?

—Corría el riesgo de perder mi puesto de trabajo. Si te lo decía y te enfadabas, como te ha sucedido ahora, podía perder mi trabajo.

—Así que no confiabas en mí.

—No te conocía de nada. Ni siquiera creía que nos fuéramos a volver a ver.

—Me lo podrías haber dicho en la fiesta, mientras bailábamos.

—Sí, tienes razón, te lo tendría que haber dicho —admitió Lizzy bajando la mirada hacia el suelo—, pero sentí curiosidad.

—¿Curiosidad?

—A lo mejor es una tontería, pero quería saber cómo viven los otros, quería sentirme parte de la alta sociedad. Ya sé que es una ofensa terrible que un miembro del pueblo llano haga una cosa así, pero me dije que sólo iba a ser una noche. El problema fue que tú apareciste en mi casa.

—Me has mentido.

No lo podía negar. Jamás había negado que trabajara en palacio, pero mentir por omisión era mentir de todas maneras.

—Sí, tienes razón. Me he equivocado y te pido

perdón. Si pudiera dar marcha atrás y hacer las cosas de otra manera, las haría.

Ethan se quedó mirándola intensamente, sin decir nada. Lizzy se sentía tan mal que hubiera preferido que dijera algo.

–¿Se lo vas a decir a la reina? –le preguntó.

–¿Crees que se lo voy a contar para que te despida? ¿De verdad me crees capaz de hacer una cosa así?

Lizzy se mordió el labio inferior, avergonzada.

–Y yo creyendo que eras diferente. Creía que me habías aceptado por ser quién soy como persona –se lamentó disgustado–. Veo que me he equivocado.

–Da igual. Lo nuestro había terminado de todas maneras. Ayer volviste de viaje y no viniste a buscarme.

–En realidad, he llegado esta mañana porque el vuelo se retrasó –contestó Ethan–. ¿Me estuviste esperando?

–Claro que no.

–¿Ya estás mintiendo otra vez, Lizzy?

¿Por qué quería despojarla de toda dignidad? ¿Le haría sentir mejor? Muy bien entonces.

–Sí, te estuve esperando porque quería verte. Aunque sabía que no era posible que lo nuestro durara, porque pertenecemos a clases sociales muy diferentes. Además de que procedemos de clases sociales muy diferentes, yo ya he estado casada una vez y no pienso volver a pasar por lo mismo. No quiero ofenderte personalmente, pero además, la vida de un miembro de la familia real me parece agobiante y claustrofóbica y no se la desearía ni a mi peor enemigo.

Dicho aquello, lo miró fijamente. Su expresión facial no revelaba nada.

–Lo que ha habido entre nosotros ha sido sexo estupendo, Ethan.

–Espectacular –la corrigió él –, pero tú no querías nada más.

–Y ahora todo ha terminado –insistió Lizzy porque, por mucho que le gustara aquel hombre, no había futuro para ellos.

–Entonces supongo que ya nos veremos por aquí –se despidió Ethan abriendo la puerta.

–Puede ser –contestó Lizzy con la esperanza de que no fuera así–. Por cierto, gracias por las flores.

Ethan se paró como si le quisiera decir algo y, en aquel momento, Lizzy se dio cuenta de la cantidad de cosas que tenía ella que decirle. Sobre todo, quería darle las gracias. Para empezar, por haberle hecho recordar lo que era sentirse apasionada y viva, lo que era saber que había más vida aparte del trabajo y de la responsabilidad, quería darle las gracias por haberla hecho sentirse feliz.

Pero no dijo nada y Ethan se fue.

Lizzy llevaba en casa un rato cuando sonó el teléfono. Al instante, sintió que el corazón le daba un vuelco y corrió a contestar, pero no era Ethan sino Maddie.

–Hemos quedado en el bar –le dijo su amiga–. ¿Te quieres venir?

–No, gracias –contestó Lizzy, pues lo único que le apetecía era ponerse el pijama, tumbarse en el sofá hecha un ovillo y apiadarse de sí misma.

–Venga, anímate, llevamos semanas sin vernos y todavía te debo una cena y una cerveza.

–No me encuentro muy bien –contestó Lizzy.

Y era cierto. Se sentía cansada, triste y culpable. Sí, muy triste, triste hasta la médula. Y no era tristeza porque lo suyo con Ethan hubiera acabado porque aquello era evidente desde el primer día sino porque le había hecho daño, sabía que le había herido.

–Espero que no hayas ido hoy a trabajar –comentó Maddie–. Si la reina se entera de que estás enferma, te echará porque no querrá arriesgarse a que le contagies nada estando como está.

A veces, Lizzy no podía soportar los comentarios que su amiga hacía sobre la familia real. ¿Qué le habían hecho? Le habían dado un trabajo seguro y bien pagado durante doce años. Lizzy le había dicho en innumerables ocasiones que la actual reina no tenía nada que ver con la de antes y que Phillip no era como su padre, pero Maddie no le hacía ni caso.

–Podemos quedar el fin de semana que viene –propuso.

–Sí, vamos a hacer un fin de semana por ahí sólo las chicas –comentó Maddie–. Podríamos irnos a pasar unos días al otro lado de la isla para ir de compras hasta caer rendidas, emborracharnos y conocer a hombres sensuales y solteros. ¿Qué te parece?

Conocer hombres era lo último que le apetecía a Lizzy en el mundo.

–No me puedo ir de la ciudad. La reina está a punto de dar a luz.

–¿Y qué?

–Puede necesitarme. ¿Qué ocurriría si se pusiera de parto antes de lo previsto?

–Pues no pasaría nada. No eres el médico encargado de traer al bebé al mundo.

–No, pero quiero estar ahí cuando suceda.

–¿Por qué? De verdad, Lizzy, ¿por qué te importa tanto? ¿Crees que tú les importas a ellos? Siento mucho decirte esto, pero para ellos tú no eres más que una esclava, una sirvienta.

Lizzy se mordió la lengua con fuerza, pues sabía que su amiga jamás lo entendería.

–Te tengo que dejar, Maddie.

La aludida suspiró, probablemente pensando que Lizzy era una causa perdida.

–Cuídate. Espero que nos veamos pronto –se despidió.

–Gracias.

–Te llamo mañana para ver qué tal estás.

–Adiós –se despidió Lizzy colgando el teléfono y mirando a su alrededor.

Estaba en su casa. Se trataba del mismo piso de siempre, el mismo piso en el que había vivido antes de que Ethan apareciera por primera vez, pero por alguna razón, se le hacía diferente. Le parecía vacío y demasiado silencioso.

Lizzy pensó que, tal vez, tendría que haber aceptado la invitación de Maddie, tal vez tendría que haber salido a emborracharse, a divertirse y a olvidarse de Ethan, pero tenía la sospecha de que olvidarse de él le iba a costar mucho.

***

Tras salir del palacio, Ethan se había montado en su coche y había conducido sin ningún destino en particular, había conducido por la ciudad y se había dirigido luego a la costa. Condujo durante horas, intentando aclarar sus ideas, recordando la conversación que había mantenido con Lizzy.

Al principio, se había enfadado tanto que había creído que jamás la perdonaría.

Cuando había entrado en el despacho de la reina, no la había reconocido. Para empezar, porque jamás se habría imaginado vestida de manera tan sencilla y neutra. Aquella mujer no se parecía en absoluto a la mujer festiva y apasionada a la que él conocía. Parecían dos personas completamente diferentes.

Era cierto que le había mentido, pero tenía razón cuando le había dicho que había sido él quien había ido detrás de ella. Acusarla de haberlo utilizado había sido rastrero, se lo había dicho porque se había enfadado. Ethan era consciente de que había sido él quien se había aproximado en la fiesta y quien había seguido buscándola a pesar de que Lizzy le había dicho en unas cuantas ocasiones que no debían volver a verse.

Pero no había querido escucharla entonces y seguía sin querer escucharla ahora porque, a pesar de lo que había sucedido, a pesar de que lo había engañado, la seguía deseando.

¿Por qué poner punto final a su relación? Ninguno de los dos quería una relación seria. Perfecto. Ideal.

Ethan se bajó del coche y entró en el edificio, subió a la segunda planta. El pasillo estaba vacío y silencioso. Una vez ante la puerta de Lizzy, oyó el televisor.

Sin pensar mucho lo que hacía para no echarse atrás, llamó a la puerta. Unos segundos después, escuchó pasos, la llave en la cerradura, la cadena y la puerta abierta.

Ante sí tenía a Lizzy, en bata aunque sólo eran las nueve de la noche, completamente exhausta, pero no del todo sorprendida de verlo.

Entonces Ethan se dio cuenta de lo mucho que la había echado de menos durante aquella semana y de que no quería que su relación terminara.

—Me estaba preguntando cuánto tiempo ibas a tardar en subir —le dijo—. No hay mucha gente por aquí que lleve un deportivo negro —le explicó al ver que Ethan la miraba sorprendido—. ¿Intentando impresionarme de nuevo?

—Sólo quería que habláramos.

Lizzy dudó, pero le dejó pasar. El salón estaba en penumbra, así que encendió una lámpara.

—¿De qué quieres que hablemos?

—De nosotros.

—Yo creía que habíamos dejado claro que no había nosotros.

—Quiero que comprendas que entiendo la posición en la que te puse al venir, quiero que sepas que entiendo por qué no te mostraste completamente sincera conmigo, quiero que sepas que entiendo por qué hiciste lo que hiciste. Debería haberme mostrado más comprensivo.

—Tenías derecho a enfadarte.

—Por favor, me equivoqué y te estoy intentando pedir perdón por haberme comportado como un canalla, así que escúchame —le exigió Ethan.

Lizzy se mordió el labio inferior.

–¿Me perdonas? –le preguntó Ethan.

Lizzy asintió.

–¿Me perdonas tú a mí?

–Yo ya te he perdonado –contestó Ethan avanzando hacia ella–. Cuánto te he echado de menos.

Lizzy dio un paso atrás.

–Ni se te ocurra tocarme –le advirtió.

–¿Por qué? –preguntó Ethan fingiendo inocencia.

Sabía perfectamente que, cuando la tocaba, Lizzy no podía pensar de manera racional, no podía decirle que no y eso era, precisamente, lo que él quería.

–No te acerques –le dijo Lizzy alargando el brazo.

–¿Tú no me has echado de menos?

Lizzy se quedó mirándolo fijamente.

–Lizzy.

–¡Claro que te he echado de menos, pero eso no quiere decir nada! Lo nuestro jamás funcionaría.

–Al contrario. Sería perfecto. Ninguno de los dos quiere una relación de compromiso y el sexo es fantástico. ¿Qué más podríamos pedir? Sería una relación perfecta. Una relación sin ataduras, pero de mucho placer.

–Se te olvida que yo trabajo en palacio y que tú eres un príncipe.

–Lo que yo haga en mi vida personal no es asunto de nadie.

–Ya, pero a mí me gusta mi trabajo y no quiero tirar por la borda mi carrera.

–No se tiene por qué enterar nadie.

–¿Y qué hacemos? ¿Escondernos? Todo el mundo te conoce.

Ethan dio otro paso hacia ella y Lizzy no se movió. Estaba intentando ser valiente, pero la atracción que sentían el uno por el otro era muy fuerte.

–No puedes negar que me deseas tanto como yo te deseo a ti.

–Desear una cosa no quiere decir que esa cosa sea buena –contestó Lizzy.

Ethan vio en sus ojos que estaba manteniendo una dura batalla interna y que estaba cerca de ceder. Lo único que tenía que hacer era tocarla, así que se acercó.

–Admítelo, Lizzy, dime que me deseas.

Lizzy tragó saliva.

–Sabes perfectamente que te deseo, pero eso no cambia nada. Esto no funcionará.

Ethan alargó el brazo y la tomó de la cintura, apretándola contra su cuerpo. Lizzy no protestó sino que apoyó la cabeza en su pecho.

–Estamos cometiendo un error –dijo mientras la abrazaba con fuerza.

Ethan le acarició el pelo.

–Dímelo, Lizzy –le dijo mirándola a los ojos.

Lizzy lo miró y sintió que se sonrojaba de deseo, que el corazón comenzaba a latirle aceleradamente.

–Te deseo, Ethan.

Antes de que le diera tiempo a cambiar de opinión, Ethan la besó. Sabía caliente, dulce y familiar. Lizzy le pasó los brazos por el cuello, se apretó contra él y Ethan sintió que el afecto que sentía por ella era muy fuerte. La conexión que había entre ellos era intensa e innegable, era como si un vínculo invisible los mantuviera emocionalmente unidos.

Por mucho que se repitiera una y otra vez que lo único que había entre ellos era sexo, sabía que era algo más, pero también sabía que aquellos sentimientos, aunque muy intensos, eran sólo temporales.

Había sentido mucha pasión con otras mujeres, pero nunca le había durado mucho. Tal vez, un mes. Como mucho, tres o cuatro. Transcurrido aquel tiempo, se inventaba excusas para dejar de verlas y, luego, conocía a otra mujer que le parecía fascinante. Eso sería lo que le sucedería en esta ocasión y entonces todo terminaría con Lizzy.

Y eso era lo que le gustaba hacer, pasárselo bien y largarse después.

Aquél era su modus operandi, desaparecer cuando había terminado la diversión.

Capítulo Nueve

Ethan se había presentado en su casa el sábado por la noche a las nueve y no se había ido hasta la noche del domingo. Se pasaron la mayor tiempo en la cama y se levantaron solamente para comer algo para reponer fuerzas.

El lunes, cuando volvió a casa de trabajar, ya estaba esperándola en el coche y, nada más entrar en el vestíbulo de su edificio, viendo que no había nadie alrededor, le dio un beso de película.

Lizzy sonrió, sintiéndose de maravilla. Era increíble volver a casa y que hubiera alguien esperándola, poder compartir con aquella persona lo que había hecho durante el día.

Ethan hacía que se sintiera especial y le encantaba.

Roger jamás le había hecho sentirse así. Él sólo hablaba de sus defectos y le había hecho mucho daño a su autoestima. Lizzy no comprendía cómo había estado con él tanto tiempo. Tal vez, porque había creído que ningún hombre iba a volver a fijarse en ella. Eso era lo que le había hecho creer Roger.

Sabía que lo que tenía con Ethan era temporal, pero aquel hombre la hacía sentirse amada y aceptada y no pudo evitar preguntarse cuánto tiempo estarían juntos, cuánto tiempo tardarían en hartarse el uno del otro. ¿Un mes? A lo mejor dos. Lizzy se dijo que no debía poner límites a lo que estaba viviendo.

Por primera vez en su vida, estaba dispuesta a vivir en el presente sin preocuparse por el futuro.

–Si no has cenado, si quieres, preparo cena para los dos –le ofreció mientras subían a su casa.

–Lo único que me apetece comer en estos momentos eres tú –contestó Ethan sonriendo y agarrándola de la cintura.

El apetito de aquel hombre era insaciable y, en cuanto entraron en casa de Lizzy, apenas le dio tiempo de cerrar la puerta y Ethan ya la estaba desnudando, quitándole las horquillas del pelo, soltándole el cabello sobre los hombros y desabrochándole los botones de la chaqueta.

Lizzy decidió que la cena iba a tener que esperar, lo tomó de las solapas de la chaqueta y se lo llevó al dormitorio, donde se desnudaron el uno al otro a toda velocidad y se hicieron el amor durante una hora y media.

Después, como se había hecho muy tarde para cocinar, pidieron cena a un restaurante tailandés que había cerca y se la comieron mientras compartían lo que habían hecho durante el día. A Lizzy le encantó poder hablar abiertamente de lo que hacía, no tener que mentirle.

–Veo que realmente te gusta lo que haces –comentó Ethan–. Me alegro porque hay mucha gente que odia su trabajo.

Lizzy tragó lo que estaba masticando y se limpió la boca con la servilleta.

–Estoy encantada desde que llegó la reina. Se ha portado de maravilla conmigo. Nunca ha sido desagradable y te aseguro que llevo unos cuantos años en palacio y que he conocido a bastantes personas desagradables.

–A mí también me cae muy bien Hannah –comentó Ethan terminándose la copa de vino–, pero no comprendo lo que ve en Phillip… aunque confieso que parecen muy felices.

–Al principio, su matrimonio parecía destinado al fracaso porque él nunca estaba en casa. La reina no era feliz aunque intentaba disimularlo. No sé lo que sucedió exactamente, pero aproximadamente un mes antes de que anunciara que estaba embarazada, todo cambió. Ahora, son prácticamente inseparables. Cuando el rey la mira, lo hace con mucho amor. Cuando lo veo hacer eso, pienso que, si un hombre me mirara a mí así, me haría la mujer más feliz del mundo.

Ethan agarró la botella y sirvió vino para los dos.

–Pero si tú no quieres compromisos.

–Sí, sería un problema –admitió Lizzy–, pero… la verdad es que, si un hombre me quisiera tanto, tal vez, tendría que hacer una excepción.

–Siempre y cuando no fuera un miembro de la familia real –insistió Ethan sonriendo–, porque ya sabemos que su vida te parece agobiante y claustrofóbica.

–Exacto –admitió Lizzy sonriendo también.

–¿Has estado enamorada alguna vez así?

–Creí estarlo de Roger, pero ahora creo que me engañé a mí misma. Estaba tan desesperada por estar enamorada y por sentirme amada y aceptada que me convencí de que la relación era lo que no era en realidad –le explicó Lizzy probando el vino–. ¿Y tú? ¿Has estado enamorado alguna vez?

–Sí –contestó Ethan–. Estuve enamorado como un loco una vez.

¿Acababa de sentir una punzada de celos o habían sido imaginaciones suyas? Lizzy se dijo que era absurdo sentir celos cuando la relación que tenía con Ethan era de lo más casual.

–¿Cómo se llamaba?

–Alison Williams. Nos conocimos en la escuela.

–¿En la escuela superior o en la universidad?

–En la guardería –contestó Ethan sonriendo–. Se fue a mitad de curso y yo me quedé destrozado.

Lizzy se rió.

–¿Y desde ella?

–Nadie.

Aquello la sorprendió.

–¿Por qué?

Ethan se encogió de hombros.

–Porque no tengo tiempo, me tengo que ocupar de la empresa y ese ritmo de vida no me deja sitio para más, así que prefiero relaciones sin ataduras.

Lizzy dejó el plato de comida en el suelo, junto a la cama, dejó también la copa y se quedó mirando a Ethan. Luego, se acercó a él, se apretó contra su cuerpo, le pasó el brazo por encima de los hombros y lo besó en la frente.

–Bueno, creo que nosotros no tenemos que preocuparnos de eso –comentó Ethan.

–¿A qué te refieres?

–A enamorarnos. Ninguno de los dos quiere enamorarse.

–Exacto –contestó Lizzy.

Ethan tenía razón, así que, ¿por qué se sentía tan triste? Lo cierto era que, aunque Ethan fuera el hombre que pudiera mirarla con amor profundo e incondicional, ella jamás sería la mujer que necesitaba él. Eran muy diferentes. Ambos habían empezado sus vidas desde la nada, pero ahora estaban muy distanciados..

–Aunque a Phillip le encantaría porque se pasa al día diciendo que me tengo que casar –comentó Ethan–. Dice que sería bueno para la familia. Como si a mí me gustara vivir mi vida según las normas de los demás.

Lizzy sabía que los miembros de la familia real tenían normas para todo y pensó que ella jamás podría vivir así, pues era demasiado independiente.

–¿Te puedo hacer una pregunta? –le dijo Ethan.

–Claro.

–¿Conociste a mi padre?

–Un poco.

–¿Cómo era?

–¿Tú no lo conociste?

Ethan negó con la cabeza y Lizzy percibió su profunda tristeza. A Lizzy le hubiera encantado poder decirle que su padre era un hombre noble y maravilloso, pero hubiera sido mentira de nuevo.

–Era un hombre... complicado.

–Sophie me ha dicho que era un estúpido de corazón de hielo, pomposo y prepotente.

–Sí, es una buena descripción –contestó Lizzy.

Siempre había tenido la sensación de que la princesa Sophie y su hermano no sentían demasiado cariño por su padre.

–Por desgracia, la reina no era mucho mejor. Lo cierto es que siempre sentí pena por ellos, por tener un padre y una madre tan fríos.

–Por lo que me ha dicho Sophie, el rey engañaba constantemente a su mujer.

–El rey podía resultar encantador cuando quería.

Lizzy conocía a varias empleadas de palacio que habían sucumbido a aquellos encantos. Ninguna había sido su amante durante mucho tiempo y todas habían perdido su trabajo después.

–¿Contigo también lo intentó?

–Cuando entré a trabajar en el palacio, se fijó en mí, sí –admitió Lizzy–, pero le dejé muy claro que no me interesaba.

–Ahora lo entiendo todo, ahora entiendo por qué te vistes así cuando vas a trabajar.

–Ser invisible hace las cosas más fáciles.

–A veces pienso que me habría gustado conocerlo, pero creo que me habría sentido decepcionado –suspiró Ethan–. Yo creo que mi madre lo sabía y que, por eso, nunca me dijo quién era mi padre. En cualquier caso, me habría gustado que me lo dijera.

–Seguro que tu madre hizo lo que creyó mejor para ti. Te lo digo porque a mi madre le pasó lo mismo aunque a mi madre le salió mal.

–¿Qué ocurrió?

–Mi padre nos abandonó cuando nació mi hermana pequeña y yo tenía seis años. Mi madre intentó buscar un sustituto, la figura de un padre para nosotras, pero su gusto a la hora de elegir a los hombres no podía ser peor. La mayoría de ellos bebían y unos cuantos incluso la pegaron. Cuando me dieron la beca para venir a la isla de Morgan a la universidad, no lo dudé ni un momento. De hecho, ni siquiera esperé al otoño sino que me vine inmediatamente después de la graduación, a comienzos de verano.

–¿Y nunca vas a verla?

Lizzy negó con la cabeza.

–Le tengo mucho rencor a mi madre y mis hermanas no me soportan porque dicen que las dejé abandonadas. Por desgracia, a ellas no les ha ido mucho mejor en el terreno amoroso. Han estado siempre con hombres inadecuados, hombres que las utilizan y luego las dejan. A mí tampoco es que me haya ido muy bien porque Roger era una sanguijuela que me dejó sin dignidad y sin dinero. A veces, pienso que las mujeres de mi familia estamos maldecidas.

–Tal vez, sólo tenéis mala suerte.

–Puede ser. Le mando dinero todos los meses. A mi madre.

–¿A pesar de que sientes rencor por ella?

–Sí, a pesar de todo sigue siendo mi madre. A pesar de todos sus defectos, la quiero. Si tu madre viviera, tú harías lo mismo por ella.

–Sí, tienes razón.

–Me parece que somos los dos demasiado buenos, parecemos tontos –bromeó Lizzy.

–Eso explica muchas cosas.

–Por eso, a lo mejor, lo que tenemos nos parece tan maravilloso. Es egoísta y yo podría salir mal parada, pero llevo toda la vida acatando las normas y me parece liberador hacer algo simplemente porque me hace sentir bien.

–Te apuesto lo que quieras a que soy capaz de hacerte sentir bien –bromeó Ethan tumbándola de espaldas y colocándose entre sus piernas.

Lizzy no tenía la menor duda. Ningún hombre la

había hecho sentir jamás tan bien como la hacía sentir Ethan y no dudó en arquearse contra él y en frotarse contra su erección.

–A ver, demuéstramelo –lo retó.

Ethan se inclinó sobre ella y la besó en la boca.

–¿Y qué estás dispuesta a darme a cambio?

–Lo que quieras.

–Lo único que quiero eres tú –contestó Ethan introduciéndose en su cuerpo.

–Elizabeth, ¿estás bien? –le preguntó la reina aquella misma semana después de que se hubiera quedado en blanco por tercera vez consecutiva.

Estaban en el salón privado de la reina, la soberana con los pies en alto y Lizzy sentada a su lado, intentando elegir un diseño para el anuncio del nacimiento del heredero.

A Lizzy le estaba costando mucho concentrarse y todo era culpa de Ethan, que la mantenía despierta hasta altas horas de la madrugada. No se habían podido ver ni el martes ni el miércoles debido a reuniones de trabajo que él había tenido, así que el jueves se habían pasado toda la noche en la cama.

–Perdón, señora, es que anoche no dormí bien.

–Si quieres, vete a casa pronto.

Aquella mujer era tan buena con ella que Lizzy se sentía culpable. La idea de salir antes del trabajo porque estaba teniendo una aventura prohibida con el cuñado de la reina era de película.

–No, no hace falta, señora.

La reina eligió un anuncio con patos en tonos pasteles.

–¿Qué te parece? ¿Demasiado femenino para un niño?

Lo cierto era que habían visto tantos que a Lizzy ya todos le parecían iguales.

–A mí el que más me gusta es el de los conejitos azules –contestó.

–Qué difícil –suspiró la reina.

La reina quería que todo saliera perfecto y Lizzy suponía que, si ella fuera a ser madre, también lo querría. Tal vez, todavía estuviera a tiempo. Todavía era joven. Tal vez, si encontrara al hombre correcto...

Pero todavía tardaría unos años en ser madre de todas maneras. Tal vez, no. Era increíble lo rápido que cambiaban las cosas. Por ejemplo, su perspectiva general sobre la vida había cambiado en unas cuantas semanas porque había bajado la guardia y había confiado en un hombre. Si alguien le hubiera dicho un año atrás que iba a estar donde estaba hoy en día, le habría dicho que estaba loco, pero ahora que lo estaba viviendo era feliz.

Lizzy se encontró preguntándose qué tal padre sería Ethan. Para empezar, ni siquiera sabía si quería tener hijos. Claro que no se solía hablar de esas cosas tan serias con una persona con la que se mantiene una relación temporal. ¿Para qué?

–Elizabeth.

Lizzy levantó la mirada y se dio cuenta de que la reina le había vuelto a hablar y ella había vuelto a no enterarse.

–Lo siento, señora.

–¿Es por un hombre? ¿Es por el hombre con el que estabas hablando el otro día por teléfono por lo que estás tan distraída?

Lizzy se sonrojó de pies a cabeza. Sentía la necesidad de hablar con alguien sobre lo que estaba viviendo, pero la reina era la última persona en el mundo con la que debía confesarse, así que se mordió el labio sin saber muy bien qué decir.

–Perdona –se disculpó la soberana–. No debería haberme mostrado tan curiosa.

–No pasa nada... es que... es complicado –contestó Lizzy tomando aire.

–¿Estás enamorada?

No, claro que no, enamorarse de Ethan sería una locura.

–Si no quieres hablar de ello, puedes decirme que me meta en mis asuntos –le aclaró la reina.

–No, es que... creo que no estoy muy segura de lo que siento por él. Es demasiado...

–¿Demasiado qué? –quiso saber la reina, que era una romántica empedernida.

–Demasiado... perfecto –contestó Lizzy.

Aquello hizo reír a la soberana.

–¿Cómo es posible que un hombre sea demasiado perfecto?

–Lo que quiero decir es que lo que tengo con él es tan maravilloso que debe de estar mal –contestó Lizzy sorprendiéndose a sí misma con sus palabras.

Lo que tenía con Ethan era maravilloso en cuanto al sexo, pero nada más. Entre ellos no había nada más y nunca lo habría.

–Somos muy diferentes –concluyó.

–A veces, lo diferente funciona. Mira Phillip y yo. No podríamos ser más diferentes. Somos de países diferentes y provenimos de entornos diferentes, pero somos felices

Lizzy pensó que el rey y la reina se parecían en muchas cosas. Ambos procedían de familias de dinero y, a diferencia de Lizzy, la reina era de sangre azul. Si la soberana supiera que el hombre del que estaban hablando era su cuñado, seguro que no se mostraría tan encantada.

–Es complicado, ya se lo he dicho –insistió Lizzy.

–Aunque no lo quieras admitir, se te nota que ese hombre te gusta realmente –insistió la reina sonriendo.

Lizzy se dijo que la reina estaba confundiendo deseo e infatuación con amor y no dijo nada más.

–Seguro que recuerdas que, cuando llegué aquí, las cosas entre Phillip y yo eran complicadas también.

Lizzy asintió.

–Pero ahora todo va bien –comentó.

–Sí, pero hay que darle tiempo al tiempo –le aconsejó la reina poniéndole la mano en el brazo–. Deberías darle una oportunidad a ese hombre.

Lizzy se limitó a sonreír y, para no dar más explicaciones, le prometió a la reina que lo haría. Cuando vio que la soberana parecía contenta, cambió de tema de conversación, pero tuvo la sensación de que la reina quería volver a hablar de aquel tema.

Capítulo Diez

Ethan llevaba dos partidos seguidos sin ir a jugar con Charles, así que el sábado por la mañana se levantó sigilosamente de la cama de Lizzy para no despertarla, se vistió y se dirigió al club.

Cuando llegó al vestuario, Charles ya se estaba cambiando.

–No estaba seguro de si ibas a venir esta semana –comentó su primo–. Te estuve llamando a casa anoche, pero no contestó nadie.

–Es que no estaba –contestó Ethan.

Lo cierto era que, últimamente, no pasaba mucho tiempo en su casa. Todo el tiempo libre del que disponía lo pasaba en la de Lizzy.

Como tenía miedo de que los vieran, ella se negaba a ir a su casa. Tampoco quería salir a cenar ni ir al teatro. Ni siquiera había querido montarse en su coche, así que siempre se quedaban en su casa y siempre encontraban algo entretenido en lo que ocuparse.

–¿Con quién estás esta vez? ¿La conozco? –le preguntó Charles.

–Ya te hablé de ella el otro día –contestó Ethan quitándose la chaqueta y colgándola en su taquilla.

–¿Ah, sí? –se sorprendió Charles–. ¿La secretaria?

Ethan asintió.

–¿Sigues con ella? Se suponía que sólo iba a ser una noche, ¿no? Tú mismo me dijiste que eso era lo que ella había dicho, lo recuerdo muy bien.

–Sí, pero, cuando yo quiero algo, lo consigo –contestó Ethan.

Le hubiera gustado poder contarle a su primo quién era la mujer con la que estaba saliendo. Sabía que Charles había salido con diez o doce empleadas de palacio y estaba seguro de que podía confiar en él, pero le había prometido a Lizzy que no se lo iba a contar a nadie, así que no dijo nada porque se tenía por un hombre de palabra.

–¿Os veis a menudo?

–Casi todas las noches.

Charles lo miró alarmado.

–¿De verdad?

Ethan asintió.

–¿Y no te preocupa que se encariñe demasiado contigo?

–Me gusta esa chica, Charles. Me encuentro muy a gusto con ella, puedo ser yo mismo y, además, resulta que estamos los dos de acuerdo en que nuestra relación sea casual.

–Las mujeres siempre dicen eso, pero es para engancharnos y, de repente, te encuentras con que están esperando un anillo y la fecha de la boda.

–Lizzy no es así. Está divorciada y no tiene intención de volverse a casar.

–Espero que tengas razón porque sería un escándalo que te casaras con una plebeya, pero sería un pecado capital que te casaras con una plebeya divorciada.

–No te preocupes, no tengo intención de casarme con nadie.

–Espero que sepas lo que estás haciendo.

–Claro que sí. Estoy disfrutando. Tengo lo mejor de ambos mundos. Por una parte, sexo maravilloso y, por otra, nada de agobios.

Tras ganar a Charles como de costumbre, Ethan se duchó, se tomó una copa con él y decidió ir a palacio. A ver a Lizzy, por supuesto, que había insistido en ir a trabajar el sábado aunque Phillip y Hannah estaban fuera en un acto benéfico.

Mientras iba hacia allí, pensó en lo que Charles le había dicho. Era cierto que Lizzy y él pasaban mucho tiempo juntos. Tal vez, estuviera tentando a la suerte. Tal vez, debería dar un paso atrás.

Sin embargo, en cuanto se le ocurrió la idea, se dijo que no debía volverse paranoico. Era evidente que Lizzy no estaba buscando una relación seria, así que, ¿por qué no aprovechar el tiempo que tenían para estar juntos?

El palacio estaban muy silencioso, pues había poca gente trabajando. Cuando entró, una jovencita se puso en pie a toda velocidad y le hizo una reverencia.

–¿En que le puedo ayudar, alteza?

A Ethan no le gustaba nada que lo trataran así, pero sonrió y se mostró encantador.

–Quiero comprar un regalo para mi sobrino, pero estoy bastante perdido –contestó bajando la voz como si estuviera contándole un gran secreto.

La chica asintió.

–¿Hay alguien que me pudiera asesorar? Tendría que ser una persona muy discreta porque quiero que sea una sorpresa.

–Tiene que hablar usted con la señorita Pryce, la secretaria personal de la reina –le dijo la recepcionista apiadándose de él y bajando también la voz.

–Pero supongo que hoy no estará...

–Sí, sí está.

–¿Es discreta?

–Sí, claro, alteza. Su despacho está en aquel pasillo de allí, es la tercera puerta de la izquierda.

–Perfecto, gracias –contestó Ethan comenzando a andar hacia el pasillo indicado–. Esto queda entre usted y yo, ¿eh? Si alguien pregunta, yo nunca he estado aquí –añadió sonriendo.

–Claro que no, alteza –contestó la chica apretando los labios en señal de silencio.

Ethan llamó a la puerta.

–Adelante –contestó Lizzy desde dentro.

Ethan abrió la puerta y entró. Lizzy levantó la mirada del ordenador y no dio muestras de sorprenderse al verlo. Estaba sentada detrás de la mesa, con las gafas puestas y aire muy profesional, vestida con un traje azul conservador, sin maquillaje y con el pelo recogido en un moño bajo.

–¿La señorita Pryce?

Lizzy lo miró tranquilamente, como si lo viera todos los días.

–Sí, alteza.

–Quería ver si me podía usted ayudar –contestó Ethan cerrando la puerta.

Con llave.

Aquello hizo que Lizzy lo mirara espantada.

–¿Qué haces?

–¿Tú qué crees? –contestó Ethan sonriendo y avanzando hacia su mesa.

Lizzy tardó unos segundos en procesar lo que quería decir y lo miró sorprendida.

—¿Aquí? ¿Estás de broma?

—Le he dicho a la chica de fuera que necesitaba ayuda para elegir un regalo para mi sobrino y me ha dicho que viniera a hablar contigo —le explicó Ethan—. Todo en regla.

—¿Estás loco?

—Puede que sí —contestó Ethan levantándola de la silla, sentándola en la mesa y sentándose él en su silla—, pero te encanta.

Lizzy no quería admitirlo, pero ni falta que hacía porque era evidente que estaba excitada.

—Nos podrían pillar —protestó mientras Ethan le quitaba los zapatos.

—Por eso, precisamente, es tan divertido —contestó sonriendo.

—Ethan, no.

—No lo dices en serio —insistió él subiéndole la falda.

Lizzy lo ayudó separando el trasero de la mesa. Llevaba medias con liguero. Al verlas, Ethan sonrió encantado. Últimamente, su afición preferida por las noches era quitarle aquellas medias, pero aquello, de momento, iba a tener que esperar.

—¿Y si nos oyen? —le preguntó Lizzy sin oponer demasiada resistencia.

—No grites.

—Qué fácil es decirlo.

Ethan la acarició por encima de las braguitas y Lizzy gimió de placer.

—¿Te ha gustado?

Lizzy se mordió el labio inferior y asintió.

–¿Y esto? –le preguntó Ethan deslizando los dedos bajo la tela y acariciándola.

Lizzy se puso a temblar. Ethan se echó hacia delante y la besó en un muslo. A continuación, en el otro. Lizzy se acercó hacia su rostro. Estaba sentada justo en el borde de la mesa, mirándolo con ojos glotones. Desde luego, no era aquélla la actitud de una mujer que quería que su amante parara, así que Ethan comenzó a besarla y a lamerla hasta que Lizzy se estremeció de placer. En aquel momento, Ethan se retiró y la oyó gemir decepcionada.

–¿Quieres que pare?

Lizzy no contestó. Era evidente por su expresión que estaba muy excitada. Si hubieran tenido más tiempo, Ethan la habría obligado a pedirle en voz alta lo que quería, pero una cosa era un breve encuentro sexual y otra tomarse demasiado tiempo y poner en peligro su trabajo.

Mirándola intensamente a los ojos, le quitó las bragas. Apenas la había tocado con la lengua cuando Lizzy comenzó a temblar y tuvo un orgasmo, echó la cabeza hacia atrás y se estremeció de pies a cabeza. La intensidad del orgasmo la dejó sin aliento y, por lo visto, la hizo olvidarse de su miedo a que los descubrieran.

–No hagas ruido –le dijo a Ethan mientras bajaba de la mesa y le desabrochaba el cinturón.

Ethan había pasado menos de veinte minutos en el despacho de Lizzy y se despidió de ella con la promesa de verse aquella misma noche en su casa. Al salir, la chica de la recepción lo miró y sonrió.

–¿Le ha sido de ayuda la señorita Pryce?

–Sí, me he entendido a las mil maravillas con ella –contestó Ethan–. Gracias.

Tras pasar un momento por el baño, se dirigió arriba y se dio de bruces, literalmente, con Sophie.

–¡Ethan! ¿Qué haces por aquí? –lo saludó la princesa besándolo con afecto en la mejilla.

–Negocios –contestó Ethan rezando para que su hermana no le hiciera muchas preguntas.

–¿Negocios? –insistió Sophie sin embargo.

–He venido a hablar con Phillip, pero Hannah y él están fuera.

–Espero que no te haya molestado –comentó Sophie arrugando la nariz.

–No, no más de lo normal –contestó Ethan cambiando de tema–. ¿Te ha hablado Charles de lo del hotel?

–¡Sí! –exclamó Sophie emocionada.

Había sido ella quien había insistido en que había que añadir un balneario público y un gimnasio de vanguardia en el que hubiera las mejores máquinas del momento, personal cualificado y dos piscinas olímpicas.

–Estoy trabajando con la diseñadora de la que te hablé y ya he encargado la cocina.

–Seguro que has encargado la mejor.

–Por supuesto –contestó Sophie sonriendo–. He estado muy ocupada cocinando cosas nuevas para la carta. ¿Quieres hacerme de conejillo de Indias?

–Me encantaría, pero he quedado.

–¿Tienes una cita?

–Algo así.

Sophie se pasaba el día intentando emparejarlo

con sus amigas solteras, pero, a diferencia de Phillip, no para casarlo, sino para verlo feliz.

–¿De verdad? ¿La conozco?

–No creo.

–¿Es de por aquí? –insistió su hermanastra.

–Vive en la ciudad.

–¿Es la primera vez que sales con ella?

–¿Vas a dejar de hacerme preguntas? –contestó Ethan cruzándose de brazos.

–No puedo evitarlo. Ya sabes que soy muy curiosa –contestó Sophie encogiéndose de hombros con aire inocente–. Eres mi hermano mayor y quiero saber cómo te va la vida.

Ethan suspiró.

–No, no es la primera vez que salgo con ella, pero ya te lo digo antes de que me lo preguntes, que no es nada serio.

–¿Está casada?

–¡Por supuesto que no!

–¿Prometida?

–No, tampoco está prometida –contestó Ethan preguntándose por qué tipo de hombre lo tenía Sophie–. Está divorciada.

–Me encantaría conocerla. Podríamos quedar.

Imposible.

–No creo que le hiciera mucha gracia porque está un poco intimidada con todo esto de la realeza. Estaría incómoda.

A Ethan no se le escapó la ironía del momento, pues, probablemente, Lizzy estaba más cómoda y acostumbrada a estar con los miembros de la familia real que él. Por lo menos, a nivel profesional.

–¿Ella estaría incómoda o serías tú el que se sentiría incómodo? –insistió Sophie.

–Sophie, te tengo que dejar –contestó Ethan pensando en las cosas que tenía que hacer antes de que Lizzy saliera del trabajo–. Hasta luego.

–Por favor, resérvame una noche de la semana que viene. Te echo de menos.

–De acuerdo –le prometió Ethan besándola en la mejilla–. Hasta luego.

Mientras se alejaba, Ethan pensó que lo que tenía con Lizzy era sólo temporal y que había hecho bien en no dar detalles. Entonces, ¿por qué le daba pena saber que no podía hacer pública su relación?

Capítulo Once

Las cosas con Ethan le iban bien, pero Lizzy no podía evitar preguntarse cuánto les duraría la novedad y cuándo comenzaría a resultar molesto el tener que esconderse en lugar de parecerles de lo más excitante.

Resultó que no mucho. Apenas tres semanas.

—Quiero llevarte a cenar por ahí —comentó Ethan el viernes en su casa—. Tú eliges el sitio.

A Lizzy le apetecía un plan así. Era lo que hacían las parejas los viernes por la noche, salir al cine o a algún espectáculo e ir a cenar a un restaurante. Quería tener una relación normal, pero era imposible.

—A mí me gusta quedarme en casa —mintió, pues lo cierto era que se sentía tan aburrida y atrapada como él.

—Podríamos ir a algún sitio tranquilo y no muy conocido —insistió Ethan.

Lizzy sabía que lo reconocerían en cualquier lugar.

—Me encantaría, pero no puedo.

Ethan no insistió más y terminaron pidiendo cena al restaurante de la esquina como de costumbre. A la mañana siguiente, se fue a Estados Unidos para ir a la fiesta de cumpleaños de un amigo de la universidad.

Lizzy lo echó terriblemente de menos, se moría de ganas por volver a verlo, pero su vuelo llegó con retraso el martes por la noche, así que se pasó todo el miércoles nerviosa. Gracias a Dios, la reina también estaba muy emocionada, pues el médico le había dicho el día anterior que ya había dilatado dos centímetros.

–Me ha dicho que todavía me faltan unas semanas, pero ya he sentido contracciones. De repente, todo es muy real –le dijo.

Estaban sentadas en su suite, doblando pilas y pilas de ropa bebé para el gran día. Cuando sonó el teléfono, Lizzy se puso en pie y contestó. Era el rey, pero no quería hablar con su esposa sino con ella.

–Por favor, venga a mi despacho –le ordenó colgando a continuación.

Lizzy intentó no asustarse, pero hubo algo en el tono de voz del monarca que le indicó que tenía motivos para preocuparse. Lizzy se apresuró a decirse que, aunque, efectivamente, ocurriera algo, no tenía por qué estar relacionado con ella. Entonces, ¿por qué no la había llamado su secretaria personal? ¿Por qué lo había hecho él personalmente?

«¡Ya basta!», se dijo diciéndose que, probablemente, estaba exagerando.

–El rey quiere verme –le dijo a la reina.

La soberana estaba demasiado ocupada eligiendo, doblando y ordenando por colores la ropa de su hijo como para preocuparse.

–Muy bien, pero que no te entretenga demasiado porque tenemos todavía muchas cosas que organizar.

Lizzy salió de la suite de la reina y se dirigió al despacho del rey un tanto nerviosa. Al llegar, saludó a su secretaria con una sonrisa alegre que la otra mujer no le devolvió. Claro que nunca había sido demasiado agradable.

–Pasa, te están esperando –le indicó.

¿Están? ¿Había alguien más aparte del rey esperándola? Lizzy sintió que se ponía todavía más nerviosa, pero se obligó a abrir la puerta a pesar de que le temblaban las manos. El rey estaba sentado en su mesa, muy serio. Al entrar, vio a la otra persona y sintió que el corazón se le caía a los pies. Sentado en una butaca, con las piernas cruzadas y aire aburrido estaba Ethan.

¿Qué demonios sucedía allí?

–¿Quería usted verme, majestad? –preguntó al entrar.

–Cierre la puerta, señorita Pryce.

Lizzy así lo hizo, intentando leer en el rostro de Ethan lo que estaba sucediendo. Por cómo la miró, comprendió que los habían descubierto. Habían tenido mucho cuidado, pero el rey se había enterado.

–Supongo que no hace falta que le diga por qué la he mandado llamar –comentó el soberano.

Lizzy negó con la cabeza. Estaba tan nerviosa que tenía náuseas.

–Tampoco creo que haga falta que le diga el escándalo que se va a formar cuando anunciemos que el príncipe se va casar con una secretaria.

–No, majestad, yo... –contestó Lizzy interrumpiéndose al instante.

Un momento. ¿Había dicho casar? ¿Ethan le había dicho que se iban a casar? Lizzy miró a Ethan, que la miró indicándole que le siguiera el juego.

–Yo... lo siento –se disculpó Lizzy.

–No tienes nada que sentir porque no has hecho nada malo –intervino Ethan.

El rey miró a su hermano muy serio y volvió a girarse hacia Lizzy.

–El príncipe me ha contado que la conoció en la gala y que, a pesar de que usted le dijo que no quería volver a verlo, él insistió. ¿Es cierto?

Lizzy no podía articular palabra, así que se limitó a asentir. Se había quedado bloqueada en la palabra «casar». Era imposible que Ethan hubiera dicho que se iban a casar.

–¿Y, a pesar de que sabía que podría perder su trabajo, continuó viéndolo?

Lizzy bajó la mirada y asintió.

–Ya te lo he dicho, Phillip, no puedes luchar contra el amor de verdad.

¿Amor de verdad? ¿Acaso la amaba?

–Ethan me ha dicho que le ha pedido que se case con él, que usted a aceptado y que se van a casar en primavera.

Lizzy sintió que la cabeza le daba vueltas.

–Sí, alteza, en primavera.

–¿Y entonces dejará de trabajar para nosotros?

Un momento. ¿Eso quería decir que no la iba a despedir? Lizzy vio una luz al final del oscuro túnel en el que se sentía atrapada.

–Sí, señor –contestó Lizzy.

–Ethan me ha contado que, una vez casada, quiere trabajar en el hotel con él. Haga usted lo que quiera, pero quiero que sepa que a mí no me hace gracia que ningún miembro de la familia real trabaje en ningún sitio.

Un miembro de la familia real.

Lizzy sintió náuseas de nuevo. Aquello era una

pesadilla. No quería ser miembro de la familia real. ¡No quería volver a casarse!

Lo más extraño de todo aquello era la actitud del rey, que no parecía enfadado, que no había protestado ni había dicho en ningún momento que aquella relación debía terminar. En realidad, se estaba comportando casi como si la aprobara.

Ethan se puso en pie como si tal cosa mientras Lizzy se sentía al borde de un ataque de pánico.

–¿Satisfecho? –le preguntó a su hermano.

El rey asintió.

–Me hubiera gustado que me lo dijeras con más tiempo.

–Ya te he dicho muchas veces que mi vida no es asunto tuyo –le espetó Ethan.

Lizzy se dio cuenta de que el rey se mordía la lengua.

–Me encargaré de que se emita un comunicado público.

–Muy bien –contestó Ethan encogiéndose de hombros.

¿Cómo? ¿Un comunicado? ¿Ethan iba a permitir que la casa real hiciera público el anuncio de una boda que no iba a tener lugar jamás?

–Si has terminado, me gustaría hablar en privado con mi prometida.

–Sí, yo tengo que hablar con mi esposa –contestó el monarca.

–Vamos, cariño –le dijo Ethan a Lizzy, que se sentía incapaz de moverse.

Ethan la agarró del brazo y tiró de ella para sacarla del despacho del rey. Cuando vio que abría la boca, no la dejó hablar.

–Espera a que estemos solos –le indicó llevándola a su despacho, situado en el otro extremo del palacio–. Tranquilízate y deja que te explique –le dijo al llegar, cerrando la puerta con llave.

Lizzy se dio cuenta entonces de que estaba respirando tan profundamente que estaba prácticamente hiperventilando.

–¿Se puede saber qué demonios has hecho?

–He salvado tu trabajo –contestó Ethan indicándole que se sentara, pues le temblaban las piernas.

–¿Diciéndole al rey que nos vamos a casar?

–No sé cómo lo ha averiguado, pero sabía lo nuestro.

–¿Y no se te ha ocurrido nada mejor que decirle que nos vamos a casar?

–No me ha quedado más remedio, Lizzy.

–¿Por qué no le has contado la verdad?

–Imposible. ¿Qué prefieres, decirle que estamos locamente enamorados y que queremos casarnos o que solamente estamos teniendo una aventura sexual de lo más tórrida?

Lizzy se mordió el labio inferior. Ethan tenía razón.

–Se me ocurrió que era la única manera de que no te echaran del trabajo. El rey sería incapaz de despedir a su cuñada. Sin embargo, despedir a la amante de su hermano sería muy factible.

Sí, tenía razón de nuevo. Si le hubiera contado la verdad, el rey la habría despedido sin miramientos. Ethan estaba haciendo todo lo que podía para salvar su trabajo, incluso enfrentarse al rey, con quien no tenía muy buena relación, y ella se estaba comportando de manera desagradecida y egoísta.

–Lo siento, Ethan. Debería darte las gracias en lugar de quejarme, pero es que todo esto me ha pillado por sorpresa.

–No pasa nada –contestó Ethan sonriendo–. Ya sé que te gusta tenerlo todo controlado y me hubiera gustado poder advertirte de lo sucedido, pero no he tenido tiempo.

–¿Y qué hacemos ahora? No nos podemos casar de verdad.

–Claro que no –contestó Ethan.

Lizzy se dijo que debería sentirse aliviada ante aquellas palabras. Entonces, ¿por qué se sentía decepcionada?

–Vamos a fingir durante un par de meses que estamos prometidos y, luego, romperemos la relación amigablemente. Así, tú no perderás el trabajo y todo el mundo tan contento.

Tenía sentido. No iba perder el trabajo, así que no podía objetar nada.

–Podría funcionar, pero a lo mejor, cuando lo dejemos, me echan de todas maneras. ¿Qué haré entonces?

–Te puedes venir a trabajar conmigo en el hotel –contestó Ethan–. Pase lo que pase, me aseguraré de que tengas trabajo, te lo prometo.

Aquel hombre era tan encantador que Lizzy no podía estar enfadada con él. Había hecho todo lo que había podido para ayudarla.

–Supongo que esto quiere decir que ya no hace falta que nos escondamos –comentó.

–Todo lo contrario –contestó Ethan–. Se tiene que enterar todo el mundo, debemos convencerlos de que estamos comprometidos de verdad.

Lizzy tuvo la sensación de que Ethan se lo estaba pasando en grande, pero no creyó ni por un instante que hubiera hecho todo aquello adrede. Lo que había pasado era que los habían sorprendido, que era lo más normal. ¿Cómo se habían creído que iban a poder mantener su relación en secreto?

Lizzy se dijo que, tal vez, estar prometida durante unos meses con un príncipe multimillonario resultara divertido. Debía dejarse llevar y disfrutar de la situación.

—Lo primero que tenemos que hacer es ir a mirar un anillo —anunció Ethan.

—¿Un anillo?

—Es lo primero que se hace cuando se está prometido.

—Pero no será de verdad, ¿no?

—No, claro que no, puedo conseguir uno de ésos que regalan en las cajas de cereales.

—¿Cómo?

—Nada —contestó Ethan chasqueando la lengua—. Pues claro que tiene que ser de verdad.

—¿Y no será muy caro?

Ethan la miró como diciendo «pues claro que será muy caro. ¿Y qué?» y Lizzy tuvo que recordarse que para Ethan el dinero no era problema. Claro que eso no quería decir que quisiera que gastara mucho en ella.

—Te lo devolveré cuando lo dejemos.

—No hace falta. Considéralo un regalo de despedida.

—No creo que me sintiera cómoda haciéndolo.

—¿Por qué no te preocupas de eso cuando llegue el momento?

A Lizzy le gustaba tener todo planificado, le gustaba saber qué iba a suceder en cada momento para saber cómo controlar la situación. La indecisión la volvía loca, pero en aquella ocasión iba a tener que dejarse llevar, así que asintió.

–¿Algo más? –le preguntó a Ethan.

–La fiesta de pedida.

Oh, Dios mío, no lo había pensado, pero era evidente que la familia esperaría que hicieran una fiesta para anunciar su compromiso. La idea de que un montón de gente famosa y rica se reuniera en una fiesta en su honor la hizo temblar. ¿Cómo iban a mentirles a todas aquellas personas?

–No te preocupes –la tranquilizó Ethan acercándose y besándola–. Todo va a salir bien –añadió mirándola a los ojos–. Todo lo que vamos a hacer ahora va a ser de cara a la galería, pero nuestra relación no va a cambiar en absoluto.

–¿Y si la familia real se enfada conmigo?

–Ya se les pasará.

–¿Y el resto de los empleados? Me van a odiar.

–¿Y qué más da lo que ellos piensen?

Era evidente que a Ethan le daba igual, pero Lizzy tenía que trabajar con aquellas personas todos los días y podían hacerle la vida imposible si querían. ¿Y la reina? ¿Qué pensaría? Lizzy no podía soportar la idea de hacerla enfadar y todo por una relación falsa.

–Tengo que volver al trabajo. No sé si el rey habrá hablado ya con la reina.

–Deberías empezar a llamarlos por sus nombres.

–No creo que pueda –contestó Lizzy.

–¿Cuándo quieres que vayamos a comprar el anillo? ¿Qué te parece si me paso a recogerte por tu casa a eso de las siete?

–Muy bien.

–Luego, iremos a cenar.

Lizzy asintió.

Ethan la acompañó hasta la suite de la reina, la besó en el pasillo donde les podría haber visto cualquier persona, y se fue. Lizzy se quedó sola ante el peligro, tomó aire y abrió la puerta diciéndose que, si la reina estaba enfadada o disgustada, no sabría cómo reaccionar.

Al entrar, vio que la reina estaba de pie junto a la ventana, mirando hacia el jardín, de espaldas a ella.

–Acabo de tener una conversación muy interesante con Phillip –comentó al oírla entrar–. ¿Es verdad? –añadió girándose.

Lizzy se mordió el labio inferior y asintió.

La reina se acercó a ella.

–¿El misterioso hombre con el que estabas saliendo es Ethan?

Lizzy sintió náuseas.

–Le pido perdón por no habérselo dicho y entiendo que esté enfadada conmigo o que me quiera transferir a un puesto diferente.

La reina se paró delante de ella.

–No te quiero transferir a ningún sitio, pero supongo que sabes lo que esto significa, ¿verdad?

Lizzy no estaba muy segura y lo que sucedió a continuación la tomó completamente por sorpresa. En un abrir y cerrar de ojos, la soberana la tenía estrechada entre sus brazos con fuerza.

–¡Significa que vamos a ser cuñadas!

Capítulo Doce

Lizzy creía que no había nada peor que disgustar a la reina, pero se había equivocado. La emoción de la soberana mientras hablaba sobre la planificación de la fiesta de pedida y de los preparativos de la boda era mucho más abrumadora que cualquier enfado.

Lizzy se sentía culpable porque le estaba mintiendo y las cosas se ponían cada vez peor.

–A partir de ahora, puedes llamarme Hannah –le dijo la reina.

Lizzy no sabía si iba a ser capaz de hacer algo así. Si fuera cierto que fueran a ser cuñadas, por lo menos...

–No sé, señora.

–Insisto. Ahora somos familia.

–En privado, no me importa llamarla por su nombre de pila, pero en el trabajo preferiría seguir dirigiéndome a usted como hasta ahora. No me sentiría cómoda llamándola por su nombre de pila en un contexto profesional –contestó Lizzy.

La reina se quedó pensativa.

–Muy bien, pero, cuando el compromiso sea oficial, dejarás de llamarme señora, alteza y esas cosas, ¿de acuerdo?

Lizzy asintió.

–Y usted puede llamarme Lizzy, que es como me llaman mis amigos y mi familia.

–Estupendo –exclamó Hannah muy feliz–. ¡Qué contenta estoy por ti! Tengo muchas ganas de empezar a prepararlo todo. ¡Nos lo vamos a pasar fenomenal!

Lizzy se obligó a sonreír.

–Deberíamos esperar al nacimiento del niño. Lo último que necesitas en estos momentos es más estrés. Ahora que lo pienso, deberíamos posponer la boda hasta que el niño tenga unos meses para que te dé tiempo de recuperarte –propuso Lizzy pensando que, para entonces, Ethan y ella ya habrían dejado su relación.

Pero a la reina no le pareció buena idea.

–Tonterías. Sólo necesitaré una semana para recuperarme y ya sabes que me encanta organizar fiestas. Tengo un libro con muestras de invitaciones en mi habitación. Voy a ir por él para ver cuáles te gustan más.

Y, dicho aquello, corrió a su dormitorio tan rápido como su barriga le permitió, dejando a Lizzy a solas, rezando para que el niño llegara al mundo con unas cuantas semanas de retraso, cuando Ethan y ella ya no fueran pareja.

Todo estaba sucediendo tan rápido que Lizzy sentía que la cabeza le daba vueltas y que se le estaba formando un espantoso dolor en la sienes. Probablemente, fuera la tensión de estar constantemente mintiendo.

Para pasar el rato, Lizzy se sentó en el sofá y comenzó a doblar la ropita de bebé que todavía les quedaba por organizar. Prepararse para la llegada del heredero era lo único real que había en su vida en aquellos momentos. Todo lo demás era falso. Las mentiras se estaban convirtiendo en bolas de nieve cada vez más grandes.

Era cierto que había sido Ethan quien se había acercado a ella durante la fiesta y quien había insistido en volver a verla, pero eso no la hizo sentirse menos culpable.

–Eliza... digo, Lizzy, ¿podrías venir un momento? –oyó que la llamaba la reina.

Lizzy detectó cierta alarma en su tono de voz y se dirigió hacia su dormitorio a toda velocidad.

–¿Dónde estás? –le preguntó al ver que no estaba en su habitación.

–En el baño.

Lizzy se dirigió hacia allí y vio a la reina junto a la encimera, agarrándose con fuerza al borde. Tenía cara de dolor.

–¿Estás bien?

La reina la miró y le hizo una señal con la cabeza para que mirara hacia suelo. Entonces Lizzy se dio cuenta de que a su alrededor había un charco.

–Oh, Dios mío, ¿eso es lo que yo creo que es?

–He roto aguas y la contracción que me acaba de dar ha sido más fuerte que las demás –contestó la reina mirándola y sonriendo–. ¡Creo que me he puesto de parto!

El rey quería ir al hospital inmediatamente, pero la reina, Hannah, como Lizzy llevaba toda la tarde intentando llamarla, quería pasar las horas previas al parto en casa, así que el médico fue a verla y le aconsejó que caminara para que el parto fuera más rápido.

Así fue como Lizzy, el rey y la princesa Sophie se turnaron para acompañarla a caminar por el jardín y, cuando oscureció, se dedicaron a pasear por dentro del palacio, por los pasillos de la residencia.

Lizzy se había quitado el traje hacía horas y, como le estaban empezando a doler los pies, se quitó los zapatos y siguió caminando en medias, algo que jamás se hubiera imaginado haciendo. Incluso se había quitado las horquillas y se había soltado el pelo y lo más extraño de todo era que no se sentía incómoda en absoluto.

Era increíble lo rápido que podían cambiar las cosas.

Estaba tan concentrada en ayudar a Hannah que no se dio cuenta de que ya eran más de las siete y de que se suponía que había quedado con Ethan para ir a comprar el anillo y para cenar.

No se percató hasta que Ethan la llamó por teléfono. Lizzy se dirigió un momento al dormitorio de la reina para contestar.

–Me has dejado plantado –le dijo Ethan–. ¿Tan pronto te has cansado de mí? –bromeó.

–Lo siento. Te quería llamar, pero las cosas se han complicado un poquito por aquí. La reina, es decir, Hannah, se ha puesto de parto.

–¿Estáis en el hospital?

–No, todavía no, quiere quedarse en casa todo lo posible.

–¿Puedo hacer algo?

–Ahora mismo, no. Te llamaré en cuando salgamos para el hospital.

–Supongo que, entonces, tendremos que esperar para ir a comprar el anillo.

–¿Por qué no vas tú?

–Porque me gustaría que fuéramos juntos. ¿Qué ocurriría si escogiera un anillo que no te gustara nada?

–Confío en ti y, además, me encantan las sorpresas.

–No mientas. Te gusta lo predecible y el orden.

Tenía razón. Era increíble lo bien que la conocía. Por una parte, le daba incluso miedo.

–Estoy segura de que lo que escojas será perfecto.

–Como quieras –contestó Ethan disgustado.

Pero era mejor así. Ir a elegir el anillo juntos sería demasiado... real y Lizzy no quería dejarse llevar por toda aquella farsa y hacer una estupidez como, por ejemplo, enamorarse de él.

Lo suyo jamás funcionaría. Para empezar, porque eran muy diferentes y, para seguir, porque Ethan no tenía tiempo para ella.

–¿Qué tamaño? –le preguntó Ethan.

–¿Tamaño de qué?

–Del anillo. Me gustaría que te estuviera bien.

–Ah, cinco y medio.

–Muy bien, cinco y medio. Bueno, pues llámame luego y nos vemos en el hospital. Me gustaría estar cuando nazca mi primer sobrino.

–Muy bien. Te llamo luego –se despidió Lizzy colgando

Al girarse se encontró con que la princesa Sophie la observaba desde la puerta.

–¿Hablando con Ethan? –le preguntó.

Lizzy se preguntó si estaría enfadada. Según la reina, Sophie era muy protectora con Ethan. Lizzy asintió mientras se retorcía los dedos. Aquel día estaba resultando el más estresante de su vida.

–Mi hermano me ha contado que os vais a casar. Enhorabuena.

–Gracias.

Sophie sonrió.

–Relájate, no te voy a morder.

–Lo siento –contestó Lizzy sonrojándose de pies a cabeza–. Es que no sé cómo se va a tomar la noticia la gente. Supongo que, cuando se piensa en que Ethan se va a casar, no se piensa en que vaya a hacerlo con una mujer como yo.

–¿Por qué dices eso?

–Porque soy una empleada y porque, que yo sepa, no tengo ni una gota de sangre azul en las venas.

–¿Y qué más da? Yo nunca he visto a Ethan tan contento.

Aquellas palabras sorprendieron a Lizzy.

–¿De verdad?

–Cuando llegó, estaba muy perdido. No tenía a nadie cercano de verdad. Conocía a muchos hombres de negocios y a muchas mujeres, pero no tenía a nadie especial. Le llevó algún tiempo darse cuenta de que lo que estaba viviendo era de verdad. Phillip no lo ha ayudado en absoluto porque no para de juzgarlo. Lo hace con buena intención, pero tiene la desgraciada tendencia de alienar a cualquiera que no vea la vida exactamente igual que él. Sin embargo, recientemente, me parece que Ethan ha empezado a aceptar su puesto en la familia y las responsabilidades que ello conlleva.

–Yo también me he dado cuenta –contestó Lizzy pensando en que hacía semanas que Ethan no decía nada negativo de su hermanastro.

–Creo que la verdadera prueba es para ti. Eres tú

la que vas a tener que decidir si puedes con todo esto –comentó Sophie.

–Lo voy a intentar –contestó Lizzy.

Al menos, hasta que toda aquella farsa hubiera terminado.

Sophie sonrió.

–Lo único que realmente importa es que os queréis.

Oh, Dios. Lizzy se sintió todavía más culpable.

–Por cierto, te queda fenomenal el pelo suelto –comentó la princesa–. Deberías llevarlo así siempre.

En aquel momento, apareció Phillip.

–El médico acaba de explorar a Hannah de nuevo y dice que ha dilatado seis centímetros. Si sigue caminando, el pequeño nacerá en unas pocas horas.

–Ya voy yo –contestó Lizzy porque caminar por los pasillos tranquilizando a Hannah le hacía olvidarse del lío en el que estaba metida y de la posibilidad de enamorarse de Ethan.

Debía repetirse una y otra vez que Ethan sabía lo que estaba haciendo y que todo se solucionaría en algún momento.

Ethan no tenía ni idea de que un bebé tardaba tanto en hacer. Había llegado al hospital sobre las diez de la noche y, aunque Hannah llevaba casi nueve horas de parto, a medianoche todavía estaban esperando.

Al llegar, Lizzy no estaba, pero Sophie lo había abrazado con fuerza nada más verlo. Sophie olía a manzana.

–Enhorabuena –le dijo con afecto–. No me puedo creer que no me lo hayas contado.

Ethan sonrió y se encogió de hombros.

–Ya me conoces, me gusta tenerte intrigada. Por cierto, ¿dónde está?

–En el baño, creo –contestó la princesa–. Entre tú y yo, te diré que Elizabeth siempre ha sido una de mis empleadas favoritas. No la encontrarás más leal. Será una esposa fantástica.

–Sí –contestó Ethan sintiéndose culpable por mentir.

–No he podido evitar darme cuenta de que no lleva anillo.

–Lo tengo aquí –contestó Ethan sacándose una cajita del bolsillo de los pantalones y abriéndola–. Ha sido todo tan rápido que no me había dado tiempo de comprarlo todavía.

Lizzy lo tomó y examinó el diamante.

–Desde luego, no has escatimado en quilates. ¿Cuántos tiene?

–Seis. Está montado en platino porque me he fijado en que lo que suele llevar es de plata.

–Precioso –contestó Sophie cerrando la cajita y devolviéndosela.

–¿Tú crees que le gustará?

–Le va a encantar.

Ojalá fuera así porque Ethan no pensaba aceptar que se lo devolviera cuando todo aquello hubiera terminado. Quería que se lo quedara como compensación ya que había sido él el que la había metido en todo aquel lío. Su insistencia había estado a punto de costarle una carrera que había estado diez años construyendo. Ethan sabía por experiencia propia lo que era sentir aquello porque, cuando su socio había desaparecido con todo el dinero, había sentido que todo por lo que había trabajado con tanto esfuerzo se iba al garete.

Además, tampoco tenía prisa por terminar su relación. Lo cierto era que estaba deseoso de que todo el mundo se enterara de que estaban juntos, de hacerlo público y aquello lo sorprendía.

Lizzy había entrado en la sala de espera y, aunque Ethan quería entregarle el anillo inmediatamente, decidió que era mejor esperar a estar solos.

A la una y cuarto de la mañana, Phillip les anunció con una gran sonrisa que era padre.

–Pesa tres kilos y medio y mide cincuenta centímetros. Los dos están muy bien –les dijo.

–¡Enhorabuena! –gritó Sophie dándole un fuerte abrazo.

Ethan dejó sus diferencias a un lado y le estrechó la mano.

–¿Qué nombre le vais a poner? –le preguntó.

–Se va a llamar Frederick, como nuestro padre –contestó Phillip.

Ethan se dio cuenta de que era la primera vez que su hermanastro se refería a él como parte de la familia y aquello lo hizo sentirse bien. Tal vez, las discrepancias entre ellos estaban comenzando a disiparse.

–Bonito nombre –comentó.

–¿Podemos verlo? –preguntó Sophie muy emocionada.

–Claro que sí. Hannah está cansada, pero quiere que todo el mundo vea a su hijo.

–¿Venís? –le preguntó Sophie a Ethan y a Lizzy.

–Ve tú primero –le dijo Ethan–. Ya entraremos nosotros después.

–¿Seguro?

–Sí –contestó Lizzy sonriendo.

–Espero que no te haya importado que haya contestado por los dos –comentó Ethan una vez a solas con Lizzy.

–No pasa nada –contestó Lizzy sonriendo–. Me parece bien que la familia tenga un rato para estar a solas… pero tú también deberías estar con ellos.

–No se van a mover de ahí –contestó Ethan encogiéndose de hombros– y, además, prefiero quedarme aquí contigo.

Dicho aquello, volvieron a sentarse en el sofá, Ethan le pasó el brazo por los hombros y Lizzy apoyó la cabeza en su pecho.

Hacían una buena pareja.

–Ha sido increíble estar con Hannah para ayudarla durante el parto aunque reconozco que he tenido un poco de miedo. Tenía muchos dolores. Me ha venido bien ver de cerca lo que es ponerse de parto porque, tarde o temprano, tendré que pasar por ello.

–¿Eso significa que quieres tener hijos?

–Algún día –contestó Lizzy–. ¿Y tú?

–No sé. No lo he pensado nunca. No sé si tendría tiempo para ellos.

Dicho aquello, Ethan se preguntó cómo serían sus hijos con Lizzy. ¿Tendrían el pelo rubio como ella o los rasgos oscuros de él? ¿Serían menudos como su madre o altos como la familia de su padre? ¿Tendrían niños, niñas o unos cuantos de cada?

¿De dónde habían salido todas aquellas preguntas? Él no quería tener hijos. Ni con Lizzy ni con nadie.

De repente, se dio cuenta de que el ritmo respiratorio de Lizzy se había hecho más pausado y más profundo. Debía de estar agotada.

–¿Quieres que te lleve a casa?

Lizzy suspiró y se acurrucó contra él.

–No, quiero ver al niño.

–Tengo un regalo para ti.

–¿De verdad? –le preguntó Lizzy bostezando.

–Sí, he ido de compras.

Aquello la despertó.

–¿Ah, sí? –exclamó Lizzy incorporándose.

Estaba tan emocionada que Ethan sonrió. Aunque lo que estaban viviendo no era de verdad, lo estaba disfrutando.

–¿Lo quieres ver?

Lizzy asintió, así que Ethan se sacó la cajita del bolsillo y se la entregó. Lizzy no la abrió inmediatamente.

–¿No la vas a abrir? –le preguntó Ethan.

–Antes de hacerlo, quiero darte las gracias de nuevo por todo lo que has hecho por mí, por salvar mi trabajo.

–De nada –contestó Ethan sinceramente–. Abre la caja.

Lizzy tomó aire y así lo hizo. Al ver el contenido, abrió mucho los ojos y sintió que le faltaba el aliento mientras lo miraba anonadada.

–¿Y bien? –le preguntó Ethan.

–Es increíble, es lo más bonito que he visto en mi vida.

–¿No te parece un poco pequeño?

–¿Pequeño? –contestó Lizzy con incredulidad–. ¿Cuántos quilates tiene? ¿Quince?

–Sólo seis.

–Sólo seis. El anillo que me regaló Roger tenía una piedrecita tan pequeña que no daba para decir que tuviera ni siquiera un quilate.

–A ver si te está bien –dijo Ethan tomando el anillo y la mano de Lizzy y colocándoselo.

Perfecto.

Lizzy movió la mano y la piedra lanzó destellos de luz.

–Es precioso, pero es demasiado, Ethan.

–Tengo mucho dinero, Lizzy, así que no te preocupes. Además, me parece que durante las siguientes semanas voy a gastar mucho de ese dinero en ti, así que ya te puedes ir acostumbrando.

Lizzy abrió la boca para protestar, pero en aquel momento apareció Sophie.

–Hannah quiere veros.

Capítulo Trece

A Lizzy le pareció que Hannah tenía un aspecto angelical, sentada en la cama con el bebé en brazos. Nunca la había visto tan guapa ni tan feliz.

–Acercaos –les dijo sonriente cuando Ethan y ella entraron en la habitación.

Lizzy se acercó a la cama y Ethan la siguió y Hannah les mostró el bebé, que tenía los ojos abiertos y alerta y que se parecía a su padre.

–Es precioso –comentó Lizzy.

–¿Lo quieres tener en brazos?

Lizzy asintió y Hannah se lo entregó. El bebé olía a polvos de talco y a jabón y, cuando Lizzy le acarició los dedos, se agarró a uno de los suyos.

De repente, Lizzy tuvo una sensación muy intensa. Quería aquello. Quería lo que Hannah tenía. Quería casarse con un hombre que la adorara, quería tener una familia. Lo quería con tanta intensidad que le dolía el corazón. Quería tener todo aquello con Ethan.

«Me estoy dejando llevar por el momento», se dijo.

Estaba muy cansada y no podía pensar con claridad. No debía olvidar que tener un bebé quería decir pasar muchas noches en vela, tener que limpiar muchos vómitos y muchos pañales. Tener un hijo era mucha responsabilidad y a ella le gustaba su libertad y no estaba dispuesta a perderla por nadie.

–Es perfecto –comentó.

–Y tiene mucho carácter –bromeó Hannah–. He tenido que estar empujando dos horas.

–En eso, se parece a ti –bromeó Phillip.

El rey era normalmente una persona callada y seria y a Lizzy se le hacía extraño verlo relajado y bromeando, pero le gustó el cambio.

–¿Lo quieres tener tú? –le pregunto girándose hacia Ethan.

Ethan alargó los brazos y Lizzy le entregó al bebé. No parecía estar muy acostumbrado a tener niños en brazos.

–Es diminuto –comentó.

–Te aseguro que no es ésa la sensación que yo tengo –contestó Hannah–. No me quiero ni imaginar lo que habría sido el parto si hubiera nacido cuando le tocaba.

Ethan le acarició al pequeño los deditos, los labios y la nariz y Lizzy sintió que el corazón le daba un vuelco. Si algún día tuviera un hijo con él, Ethan lo miraría así y lo tendría así en brazos también.

«¡Ya basta!».

¿Qué demonios estaba sucediendo? Una cosa era ponerse sentimental, pero aquello ya era demasiado.

–Creo que deberíamos irnos para que Hannah pueda descansar –comentó Phillip al ver que su mujer bostezaba.

–Supongo que estaréis muy cansados –le dijo Ethan entregándole el bebé a su padre.

Era la primera vez que Lizzy los veía tan cerca. Lo cierto era que se parecían muchísimo. Ojalá después de aquello su relación de hermanos se reforzara.

–Os acompaño –declaró Phillip entregándole el bebé a su mujer.

A continuación, los acompañó hasta la sala de espera y se quedó con Lizzy mientras Ethan pasaba al baño.

–Hoy ha sido un día muy largo, así que espero que mañana no vayas a trabajar –le dijo.

–Muy bien –contestó Lizzy.

Por primera vez en su vida, no le importaba faltar al trabajo. Todo el mundo se habría enterado a la mañana siguiente de que se iba casar con Ethan y no se quería ni imaginar cómo se lo iban a tomar sus compañeros.

–Quería darte las gracias por la ayuda que nos has prestado hoy –le dijo el rey poniéndole la mano en el brazo–. Ha significado mucho para mi mujer... y para mí.

–Ha sido un placer.

–Y también quería pedirte perdón porque ayer por la tarde me mostré muy seco. Seguro que Ethan te ha comentado que, a veces, no estamos de acuerdo en ciertas cosas.

¿De verdad?

–Creo que lo ha mencionado.

–Es cierto que soy muy cabezota, lo admito, pero intento ser justo.

–Lo sé, señor.

–Ethan está diferente desde que te ha conocido.

¿De verdad?

–¿Diferente en qué? –quiso saber Lizzy.

–Se muestra menos beligerante y parece más centrado. Casarse le va a venir bien –declaró el monarca–. Me tengo que ir –añadió–. Si no le digo algo a mi hermana, Sophie es capaz de pasarse toda la noche con nosotros. Descansa.

–Usted también, señor.

–Por cierto, cuando no estemos en el trabajo, llámame Phillip.

–Muy bien... Phillip –se obligó Lizzy a contestar.

Qué raro se le hacía.

–Buenas noches, Lizzy –se despidió el rey sonriéndole.

Una vez a solas, Lizzy se dio cuenta de que ella también estaba sonriendo. Aquél había sido un día realmente bueno. Un día muy extraño y confuso, pero bueno al fin y al cabo.

–¿De qué hablabais? –le preguntó Ethan al salir del baño.

–De nada –mintió Lizzy.

–¿Nos vamos?

Lizzy asintió.

–¿Quieres que te deje en casa o que me quede a dormir contigo?

–Prefiero que te quedes –contestó Lizzy sonriendo.

Así que Ethan se quedó a dormir en su casa. A la mañana siguiente, se despertaron tarde, se dieron una ducha y decidieron salir a comer. Por fin, salían de casa, fueron a un restaurante de verdad, donde había otras personas y fue agradable no tener que preocuparse de que no los viera nadie.

Debido a los titulares de la prensa en los que se anunciaba el nacimiento del heredero y el compromiso del príncipe, todo el mundo les daba la enhorabuena y les deseaba lo mejor.

Lizzy no estaba acostumbrada a ser el centro de

atención, pero no le resultó tan incómodo como había creído. Se le hacía un poco raro, eso sí, pero se dijo que iba a tener que acostumbrarse durante un tiempo. Cuando regresaron a su casa, se encontraron con un grupo de periodistas tan grande que habían bloqueado la calle y la policía estaba dirigiendo el tráfico.

–Oh, Dios mío –se lamentó Lizzy con la boca abierta.

–Me lo temía –contestó Ethan.

–¿Cómo se han enterado de dónde vivo?

–Son periodistas.

–No me lo puedo creer.

Cuando se estaban acercando al cruce, Ethan puso el intermitente a la izquierda y se fue en dirección opuesta.

–¿Qué haces? –se sorprendió Lizzy.

–Nos vamos a mi casa. Te puedes quedar conmigo hasta que esto se haya calmado. Serán un par de días.

–Pero no tengo ropa. ¿Y el trabajo?

–¿Prefieres tener que vértelas con esa gente?

–No –suspiró Lizzy.

–Le puedo decir a uno de mis ayudantes personales que venga a tu casa por tu ropa.

–No, prefiero decírselo a mi amiga Maddie, que tiene llave de mi casa –contestó Lizzy.

Dicho aquello, intentó llamar a Maddie, pero su amiga no contestó el teléfono. Seguramente, ya se habría enterado y, a lo mejor, estaba enfadada con ella. De todas formas, le dejó un mensaje en el contestador pidiéndole que la llamara cuanto antes. A continuación, consultó sus mensajes. Tenía diez o doce de periodistas pidiéndole una entrevista en exclusiva. También había un mensaje de su madre y otro de cada una de sus hermanas. Aquéllos no los borró. Quería escucharlos tranquilamente en otro momento.

Su madre y sus hermanas sólo la llamaban cuando necesitaban algo y, en cuanto lo tenían, se olvidaban de ella de nuevo. Sin duda, se habían enterado del compromiso de Lizzy y creían que aquello las iba a sacar de su apurada situación financiera.

Cuando llegaron a su casa, Ethan metió el coche en el garaje y Lizzy se fijó en que el lugar estaba lleno de coches deportivos y otros vehículos de lujo. A continuación, se montaron en el ascensor, que no paró hasta el último piso.

Una vez fuera, Ethan abrió la puerta de su casa, el ático, y se hizo a un lado para que Lizzy entrara. Lo primero que le llamó la atención fue el tamaño del piso y el hecho de que era muy moderno, demasiado moderno.

—Ya estamos aquí. Hogar, dulce hogar —declaró Ethan.

—Muy... bonito.

—Es frío e impersonal, pero es alquilado. Tengo intención de buscar algo que me guste más —contestó Ethan cerrando la puerta.

—Está todo muy limpio —comentó Lizzy dejando el bolso sobre la mesa de cristal que había en el vestíbulo de entrada.

—No paso mucho tiempo en casa y, además, viene una señora a limpiar los lunes, los miércoles y los viernes. ¿Quieres ver el resto de la casa?

—¿Hay más?

–Cuatro dormitorios, cuatro baños y mi despacho –contestó Ethan sonriendo.

–Enséñamelo todo –contestó Lizzy.

El resto de las habitaciones estaban decoradas en aquella línea demasiada moderna y Lizzy se encontró preguntándose para qué necesitaba una sola persona tanto espacio. Acababan de terminar de hacer la ronda cuando sonó su teléfono móvil.

Era Maddie.

–Voy a preparar un par de cervezas –declaró Ethan para dejarla a solas.

–Muy bien.

Tras despedirse, Ethan cerró la puerta del dormitorio y Lizzy contestó a la llamada.

–Hola, Maddie, seguro que te estás preguntando qué está sucediendo.

–¿Cómo has podido hacer una cosa así, Lizzy? ¿Cómo has podido ver a un hombre así a espaldas de todos?

–No es lo que parece y, además, te lo quería contar, pero no he tenido oportunidad –contestó Lizzy comprendiendo que su amiga estaba enfadada y herida.

–¿Estás embarazada?

–¡Claro que no!

–Entonces, ¿cómo es que te vas a casar con un hombre como él? Sabes perfectamente que te está utilizando.

–Eso no es cierto.

–¿Te crees que te quiere? No, no te quiere.

Maddie tenía razón en eso por mucho que a Lizzy le doliera.

–Maddie, no nos vamos a casar de verdad.

–¿Cómo dices eso? Pero si lo ha anunciado la prensa.

A continuación, Lizzy le contó toda la verdad.

–¿Así que lo ha hecho para que no pierdas tu trabajo? –se sorprendió Maddie.

–Sí, y me va a dejar quedarme en su casa hasta que los periodistas se hayan olvidado un poco de mí. El problema es que no me he traído nada de ropa porque no he podido entrar en casa.

–Dime lo que necesitas y yo te lo llevo.

Lizzy procedió entonces a hacerle una lista de ropa y de productos de aseo.

–Muchas gracias, Maddie. Siento mucho no haberte contado la verdad, pero es que todo ha sucedido muy rápido.

–Yo también te pido perdón. No debería haber sido tan dura contigo.

–No pasa nada.

–Claro que pasa. Supongo que lo he hecho porque no tengo muy buena opinión de la familia real.

–¿Y eso por qué es? ¿Te ha hecho algo alguno de ellos? –le preguntó Lizzy comprendiendo de repente.

–Ya sabes cómo era el antiguo rey con las empleadas.

–Oh, Maddie.

–Todo el mundo me lo advirtió, pero yo creí que lo nuestro era diferente, creí que realmente significaba algo para él, pero no fue así. Me utilizó. Nunca se lo he contado a nadie porque me daba vergüenza.

–Maddie, lo siento mucho.

–Fue culpa mía, Lizzy. Me he enfadado cuando

he visto que te ibas a casar con Ethan porque no quería que tú cometieras el mismo error.

—Phillip y Ethan no son como su padre, son buenos hombres.

—Lo que me sucedió a mí fue hace mucho tiempo y debería olvidarlo. Lo voy a intentar, pero hazme un favor. Hagas lo que hagas, por favor, no te enamores de él.

—Claro que no —contestó Lizzy a pesar de que sabía que ya se había enamorado de Ethan.

Capítulo Catorce

Ir a trabajar el lunes por la mañana resultó una experiencia extraña, pues las reacciones de los demás empleados fueron variadas. Los que llevaban más tiempo y tenían más experiencia le dieron la espalda, pero las chicas jóvenes la miraron con envidia. En cualquier caso, Lizzy estuvo tan ocupada durante las siguientes semanas que no tuvo tiempo de preocuparse por la reacción de nadie.

Una semana después del anuncio de su compromiso, los periodistas seguían en la puerta de su casa. Un día, uno de sus vecinos llegó tarde a casa y sorprendió a alguien en la puerta del piso de Lizzy y lo ahuyentó, pero, cuando llegó la policía, descubrió que había forzado la cerradura.

En consecuencia, Phillip y Hannah le dijeron que tenía que encontrar un lugar más seguro para vivir, pero Lizzy no disponía de suficiente dinero para pagar un lugar así, con seguridad privada, así que le ofrecieron una habitación en palacio, pero Ethan los sorprendió a todos diciéndoles que se iba a quedar en su casa.

—¿Estás seguro? –le preguntó Lizzy una vez a solas.

—Sí –contestó Ethan y, sorprendentemente, parecía decirlo en serio.

Lo que era todavía más extraño era que a Lizzy le gustaba vivir con él, pues no habían tardado en tener una rutina muy agradable. Lizzy se acostumbró rápidamente a que otra persona lavara su ropa y limpiara la casa y, además, resultó que la asistenta de Ethan era una cocinera fantástica.

Incluso la atención del público se le estaba haciendo más fácil aunque tampoco creía que se fuera a acostumbrar por completo a ella. Menos mal que no iba a tener que aguantarla mucho más. Sabía que Ethan no estaba enamorado de ella y que aquello no iba a durar, pero se dijo que, mientras la farsa siguiera adelante, debía disfrutar de su nueva vida.

Los días se fueron convirtiendo en semanas y las semanas en casi dos meses y Ethan no decía nada de cuándo acabaría aquel falso compromiso. Justamente el día anterior le había anunciado que tenía entradas para una ópera que se iba a representar a finales de septiembre, casi dentro de dos meses, y había sugerido que podían hacer un viaje juntos a Estados Unidos.

—No sé qué voy a hacer cuando te vayas —le comentó Hannah un día.

Por primera vez, Lizzy pensó en qué iba a ser de su vida cuando ya no trabajara en palacio. Tendría que aceptar el trabajo que Ethan le había ofrecido en el hotel.

—Estoy siendo egoísta, lo sé y te pido perdón por ello —añadió Hannah—. Me alegro mucho por Ethan y por ti. A él nunca le he visto tan contento y tú estás cada día más radiante.

Lizzy sintió que el corazón le daba un vuelco.

—¿Radiante?

Hannah asintió.

–La señal definitiva de que una mujer está enamorada.

Según la madre de Lizzy, la señal definitiva de otra cosa. Su madre siempre le había contado que, cuando estaba embarazada de ella, todo el mundo le decía que estaba radiante.

Pero aquello era ridículo porque su periodo solamente se había retrasado unos cuantos días. No era la primera vez que le sucedía y, además, habían utilizado protección toda las veces. Claro que sí. Aunque, por otra parte, llevaba unos días muy cansada...

No, era imposible.

–Lizzy, ¿estás bien? –le preguntó Hannah–. Te has quedado pálida.

–Estoy bien –contestó Lizzy obligándose a sonreír–. Es que me he mareado un poco de repente.

–Siéntate.

Lizzy sintió que le temblaban las piernas, así que tomó asiento en el sofá. Se estaba preocupando por nada. Era imposible que estuviera embarazada.

–¿Quieres que te traiga algo? –le preguntó Hannah.

Lizzy negó con la cabeza. Se le estaba pasando el mareo, pero se estaba poniendo muy nerviosa y sabía que no se iba a poder relajar hasta que no estuviera completamente segura de que no estaba embarazada.

–Ya me encuentro mejor.

–Aun así, deberías tomarte el día libre.

–Sí, creo que tienes razón –contestó Lizzy a pesar de que en los nueve años que llevaba trabajando en palacio jamás se había tomado el día libre por nada, ni siquiera cuando se había divorciado.

Aunque era consciente de que era tirar el dinero, Lizzy pasó por la farmacia al volver a casa para comprar una prueba de embarazo.

Al llegar a casa de Ethan, dejó el bolso en la mesa de la entrada. Menos mal que él todavía tardaría unas horas en volver y que la asistenta no iba aquel día a limpiar.

A continuación, se tomó deliberadamente su tiempo para prepararse un té y escuchar los mensajes de voz que tenía.

No tenía prisa, pues hacerse la prueba era una mera formalidad. Tras tomarse el té como a ella le gustaba, con mucha leche y mucho azúcar, pasó al baño principal y siguió las instrucciones del test. En ellas, se indicaba que había que esperar dos minutos para obtener los resultados, pero Lizzy decidió esperar cuatro para que no hubiera dudas.

Transcurrido aquel tiempo, dio la vuelta al indicador y se quedó mirándolo fijamente durante varios segundos para asegurarse de que lo que estaba viendo era verdad.

Estaba embarazada.

Se había quedado tan sorprendida que no podía ni respirar. Cuando consiguió reaccionar, sintió que un cosquilleo se le expandía desde la tripa hacia arriba, por los brazos y las piernas, por los dedos de las manos y de los pies y se dio cuenta de que era emoción.

Estaba embarazada y aquello la hacía feliz, pero, ¿cómo se sentiría Ethan? Seguro que sorprendido al principio, pero, teniendo en cuenta lo unidos que estaban, seguro que le parecía una bendición. Cada vez hablaba menos de la naturaleza temporal de su relación. Tampoco era que le hubiera dicho abiertamente que quisiera casarse con ella porque estaba enamorado, pero era obvio que era así.

Lizzy se dijo que tenía que encontrar la manera de darle la noticia tranquilamente y decidió tomarse un par de días libres para dilucidar cómo hacerlo.

Seguro que, cuando se lo dijera, todo saldría bien.

A Lizzy le ocurría algo.

Llevaba dos semanas comportándose de manera diferente, pero Ethan no sabía exactamente qué le había sucedido y, cuando le había preguntado si le ocurría algo, ella siempre le decía que todo iba bien.

Ethan sabía que no era cierto.

Estaba empezando a sospechar que su relación se había convertido en algo más que simple sexo para ambos y se preguntó si eso quería decir que las cosas iban a empezar a complicarse y a interferir en su trabajo.

No se podía permitir aquel lujo porque acababa de volver a recuperar su vida profesional hacía poco. Aquello lo llevó a pensar que, tal vez, había llegado el momento de poner fin a aquella farsa, pero, cada vez que pensaba en que tenía que decirle a Lizzy que se tenían que separar, surgía algo.

Lo cierto era que no quería perderla y, cuanto más esperaba, más difícil se le hacía. Todos los días pensaba que lo haría al día siguiente, pero nunca encontraba el momento. El mayor error que había cometido había sido invitarla a quedarse con él en su casa. Debería haberle dicho que se fuera al palacio con Phillip y con Hannah. Estaba seguro de que aquel error le iba a costar caro.

Al día siguiente, Lizzy se fue al trabajo y se dejó el teléfono móvil en casa. Tras llamarla para decírselo y quedar con ella para comer y devolvérselo, Ethan salió de casa y se dirigió al ascensor. Estaba esperando cuando el teléfono de Lizzy comenzó a sonar. No reconoció el número que aparecía en pantalla, pero decidió contestar por si era algo importante.

–Llamo de la farmacia Pearson para informar que ya tiene lo que nos había encargado –lo informó una amable señorita.

¿Estaría Lizzy enferma? Ethan se alarmó y, aunque sabía que no era asunto suyo, no pudo evitar preguntar.

–¿Qué ha encargado?

–Vitaminas para el embarazo.

Ethan supuso que era un error.

–¿Está usted segura de que esas vitaminas son para la señorita Pryce?

–Sí, estoy segura –le corroboró la joven–. Puede pasar por ellas cuando quiera.

–Muy bien, ya se lo digo, gracias –contestó Ethan.

Cuando colgó, estaba tan sorprendido que no podía pensar con claridad, que no podía procesar la información, pero sabía que sólo había una razón para que una mujer tomara vitaminas para el embarazo.

Evidentemente, Lizzy estaba embarazada.

***

Eran apenas las nueve y media de la mañana cuando Lizzy vio que se abría la puerta de su despacho y entraba Ethan.

–Qué pronto llegas –lo saludó con una sonrisa–. ¿Qué ocurre? –añadió al ver que Ethan estaba muy serio.

Ethan cerró la puerta y se giró hacia ella.

–¿No lo sabes?

¿Habría muerto alguien? ¿Le habría sucedido algo a Frederick?

–Dime qué ha ocurrido –le dijo poniéndose en pie.

–Lo que ha ocurrido es que han llamado esta mañana de la farmacia para decirte que ya tienen lo que encargaste.

Oh, oh.

Lizzy sintió que el corazón le daba un vuelco.

–Me he tomado la libertad de pasarme por la farmacia a recogerlo –añadió Ethan dejando una bolsa sobre la mesa.

Oh, oh de verdad.

–¿Hay algo que me quieras decir?

Le había vuelto a suceder. Había esperado tanto tiempo para contarle la verdad que Ethan la había averiguado por sus propios medios y ahora Lizzy se veía en la necesidad de explicarle por qué le había mentido, pero tenía la boca tan seca que apenas podía articular palabra.

–Te lo iba a decir –gimió.

–Entonces es verdad –comentó Ethan.

Era evidente que estaba disgustado con ella. Lizzy rezó para que estuviera enfadado con ella y no con el embarazo porque quería que estuviera feliz ante el hecho de ser padre.

–Sí, estoy embarazada.

–¿Desde cuándo lo sabes?

–Desde hace sólo un par de semanas –contestó Lizzy consciente de que debería habérselo dicho el primer día–. Te lo tendría que haber dicho. Lo siento. Lo he intentado, pero… no sabía qué decirte –dijo sinceramente encogiéndose de hombros.

–¿Cómo ha sucedido esto? –le preguntó Ethan con voz calmada y paciente, demasiado paciente.

–No lo sé. Siempre hemos tenido cuidado.

Ethan maldijo, lo que a Lizzy no le pareció buena señal.

–Ya sé que ninguno de los dos contaba con esto y, yo, al principio, me asusté mucho. Ya sabes que me gusta mucho mi trabajo y mi libertad, pero, cuanto más pienso en ello, más me parece una bendición.

Por la cara de Ethan, Lizzy comprendió que a él no le parecía una bendición en absoluto, pero se dijo que necesitaba tiempo, un par de días para asimilar la noticia y, entonces, todo estaría bien, Ethan estaría tan feliz como ella.

–Te voy a preguntar una cosa y quiero que me contestes la verdad –dijo Ethan.

–Muy bien.

–¿Lo has hecho adrede? –le preguntó entonces mirándola a los ojos.

Lizzy se quedó tan sorprendida que no pudo contestar. El hecho de que a Ethan se le pudiera pasar aquello por la cabeza le parecía de ciencia-ficción.

—Quiero la verdad, Lizzy.

Jamás le había hablado con tanta frialdad.

—¿Lo dices en serio?

—Sí o no.

Entonces Lizzy comprendió que Ethan no quería aquel hijo y que tampoco la quería a ella. Para él, todo aquello era una farsa. El compromiso y el tiempo que habían pasado juntos formaban parte de una farsa.

Lizzy se sintió utilizada. Maddie tenía razón. Aunque decía que era diferente, Ethan era exactamente igual que su padre.

—¿De verdad te creías que me iba a hacer ilusión? —le preguntó Ethan.

Pues sí, eso era exactamente lo que había creído.

—Fuera —le dijo Lizzy.

Ethan se quedó mirándola.

—Te lo digo en serio —insistió Lizzy alzando la voz, sin importarle que pudieran oírla—. Vete ahora mismo.

Y Ethan se fue sin decir nada más. En cuanto cerró la puerta, Lizzy rompió a llorar.

Capítulo Quince

Ethan se subió en el coche y condujo durante horas sin ir a ningún sitio en concreto. Cuanto más conducía, más cuenta se daba de que era un estúpido.

Había obligado a Lizzy a tener una relación con él, se había hecho un hueco en su vida a la fuerza y ahora se enfadaba con ella por querer proteger sus sentimientos.

¿Qué demonios le pasaba?

No era difícil de entender. La intensidad y profundidad de lo que sentía por ella le daba miedo. Mientras las cosas habían sido casuales, mientras había sabido que Lizzy no estaba interesada en nada serio, se había sentido a gusto. Ni siquiera le habían importado las bromas de Charles sobre la boda porque todo era mentira.

Ethan recordó el rostro de Lizzy cuando le había preguntado si se había quedado embarazada adrede. Jamás la había visto así, tan destrozada y dolida, tan decepcionada y enfadada. ¿Y cómo quería que reaccionara?

Así que no era perfecta, ¿eh? Bueno, él tampoco. Quisieran o no, iban a tener que arreglar aquella situación, pero Ethan no quería ir a casa, no quería hablar con ella aquella noche, así que volvió a palacio.

Era tarde y el palacio estaba oscuro y en silencio. Una vez allí, Ethan se paseó por los pasillos un buen rato y estudió los retratos de sus antepasados, de su familia. Aunque se parecía a ellos físicamente, nunca se había sentido uno de ellos. Tal vez, lo que le ocurría era que creía que, si aceptaba su papel en aquella familia, si aceptaba su puesto de verdad, la persona que había sido, el hijo de su madre, dejaría de existir.

Sin embargo, últimamente, desde que había conocido a Lizzy, había bajado la guardia y había comenzado a sentirse más aceptado y lo cierto era que estaba a gusto consigo mismo.

Ethan bajó las escaleras y se dio cuenta de que había luz en el despacho. Dejándose llevar por la curiosidad, se acercó y vio que Phillip estaba sentado, leyendo un libro, con su hijo en brazos, dormido.

Ethan llamó a la puerta y vio que su hermanastro se sorprendía al verlo.

–¿Te ocurre algo? –le preguntó Phillip.

–¿Te molesto?

–No, estaba intentando dejar dormir un rato a Hannah porque Frederick le ha dado unas cuantas noches seguidas muy malas. Por lo visto, sólo quiere que le tengamos en brazos –contestó Phillip dejando el libro sobre la mesa.

–¿Y no tenéis una niñera que se ocupe de él en estos casos?

–Yo me crié rodeado de niñeras y no quiero que a mis hijos les ocurra lo mismo, quiero que mis hijos sepan que su padre los quiere –contestó Phillip.

Su sinceridad dejó a Ethan desencajado.

–¿Me estás diciendo que nuestro padre no te quería?

–Desde luego, si me quería, jamás me lo demostró –contestó Phillip haciéndole un gesto para que se sentara–. Supongo que habrá alguna razón para que estés aquí y no con Lizzy.

Ethan estuvo a punto de decirle que se metiera en sus asuntos, pero comprendió que su hermanastro no le había preguntado para controlarlo ni para manipularlo sino porque se preocupaba realmente por él.

–Hemos discutido –admitió.

–¿Es la primera vez?

–Pues lo cierto es que sí –contestó Ethan sinceramente.

–¿Está embarazada? –le preguntó Phillip sorprendiéndolo.

Ethan se encontró preguntándose si el rey habría puesto micrófonos en su casa, pero se dijo que aquello era absurdo, que Phillip era parte de su familia.

–¿Cómo lo sabes?

–Fue Hannah la que se dio cuenta. Por lo visto, le dijo a Lizzy que estaba radiante y Lizzy se puso blanca como la pared.

–¿Radiante?

Phillip se encogió de hombros.

–Yo no tengo ni idea de lo que quiere decir eso, pero, por lo visto, Lizzy lo entendió perfectamente.

–Debe de ser una de esas cosas de mujeres que nosotros los hombres no entendemos.

–Una de tantas –contestó Phillip.

En aquel momento, el bebé se movió y emitió una leve protesta, así que su padre se lo cambió al otro hombro y le acarició la espalda. En unos siete meses, Ethan estaría haciendo lo mismo. En aquel momento, en lugar de asustarlo, la idea de ser padre le gustó.

–¿Le vas a pedir que se case contigo?

Ethan abrió la boca para contestar, pero entonces comprendió. Se suponía que Phillip creía que ya se lo había pedido. Por lo visto, su hermanastro era tan sagaz como su esposa.

–¿Sabías que nuestro compromiso era de mentira? Phillip asintió.

–¿Desde cuándo sabías que estábamos juntos?

–Desde el principio porque la reconocí en la fiesta.

¿Y no había dicho nada en ningún momento? Ethan sacudió la cabeza con incredulidad al pensar en que se había pasado todo aquel tiempo creyendo que había engañado a su hermano. ¿Por qué se había comportado de manera tan arrogante e infantil? Había elegido a Lizzy, por lo menos en parte, porque creía que a Phillip no le gustaría y ahora resultaba que Phillip aprobaba su relación y que, para colmo, se había enamorado.

Sí, amaba a Lizzy.

–¿De verdad creías que no iba a vigilar de cerca mi inversión? –le preguntó Phillip.

A Ethan le hubiera gustado sentirse ofendido, pero sabía que él habría hecho lo mismo de haber sido su hermano.

–Creí que no te haría ninguna gracia que estuviera con ella.

–Pues debe de ser que soy un sentimental porque me parece que Lizzy es la mujer adecuada para ti.

–Entonces, ¿por qué me dijiste aquel día en tu despacho que tenía que hacer algo?

–Me parecía que las cosas estaban empezando a

ponerse serias y mi obligación era decirte que debías poner fin a aquella relación o pedirle que se casara contigo. Me sorprendiste al decirme que ya se lo habías pedido y me pareció divertido ver cómo te ahogabas con tu propia soga. Reconozco que fue un acto noble por tu parte, sacrificarte para salvar su trabajo. Reconozco que ese día comencé a respetarte profundamente.

Ethan se sentía como un idiota.

—Lo siento, Phillip, siento haberme comportado así. No he demostrado ningún respeto por ti.

—No, eso es cierto, pero también es cierto que yo tampoco te he puesto las cosas fáciles. Debería haber confiado en ti desde el principio. Supongo que no lo he hecho porque culpaba injustamente a tu madre de la infidelidad de nuestro padre, pero ella no fue ni la primera ni la última.

—¿Podríamos hacer las paces?

—Buena idea.

Ethan se sintió profundamente aliviado y se dio cuenta de que, si no hubiera sido por Lizzy, seguiría siendo un estúpido que creía que el mundo le debía mucho. A lo mejor, había sentido celos de Phillip por tener padre, algo que él siempre había deseado. Había odiado y sentido rencor hacia la reina por no habérselo permitido y había transferido aquel odio a su hijo, pero ahora parecía que había sido mejor no conocer nunca a su padre.

—¿Crees que podría haber otros herederos ilegítimos? —le preguntó a Phillip.

—Es posible, pero nunca lo sabremos a menos que den el paso —contestó encogiéndose de hombros.

—Me gustaría buscarlos.

–¿Por qué?

Ethan se encogió de hombros. Lo cierto era que no sabía por qué de repente le parecía importante, pero así era.

–Supongo que porque, últimamente, la familia es muy importante para mí.

–Podría acarrear escándalos para la familia, precisamente.

–Sí, pero también la oportunidad de conocer a un hermano o a una hermana que no sabemos que tenemos. No lo haré sin tu permiso, por supuesto.

Phillip se quedó pensativo.

–Adelante.

–¿Seguro?

Phillip asintió.

–Pero mantenme informado antes de ponerte en contacto con nadie.

–Muy bien.

–Ethan, te voy a dar un consejo. Cuando encuentres algo bueno en la vida, no lo pierdas.

–¿Me lo dices por Lizzy?

Phillip asintió.

–¿La quieres?

Sí, la quería, la había querido desde el principio.

–Sí, la quiero.

–¿Y ella te quiere a ti?

–Sí, creo que sí.

–Entonces creo que te va a tocar suplicar. A mí me dio resultado.

La idea de que Phillip hubiera tenido que suplicarle a Hannah hizo que Ethan se sintiera un poco menos inepto y, si suplicando conseguía que Lizzy volviera con él, suplicaría.

Cuando entró en el garaje y vio que el coche de Lizzy seguía en su sitio, Ethan suspiró aliviado, pero el alivio le duró poco porque, al entrar en casa, tropezó con sus maletas.

Debería haberlo supuesto, pero, por alguna razón, la realidad lo sorprendió. La verdad era que no quería que Lizzy se fuera. No podía imaginarse la vida sin ella.

Ethan cerró la puerta sin hacer ruido y recorrió la casa buscándola. La encontró en el baño, recogiendo sus cosas. Tenía los ojos enrojecidos, como si hubiera estado llorando, pero lucía una expresión determinada en el rostro.

–¿Te vas? –le preguntó Ethan.

Lizzy no lo miró, siguió metiendo sus cosas en el neceser.

–No deberías sorprenderte.

–¿Y si te digo que no quiero que te vayas?

Lizzy se quedó mirándose las manos y Ethan se dio cuenta de que le temblaban.

–Te diría que es demasiado tarde.

Ethan se dio cuenta de que no lo decía en serio, pero comprendió que había llegado el momento de suplicar, así que dio un paso hacia delante.

–Imagínate que te digo que te quiero.

En lugar de contestar, Lizzy agarró su neceser y salió del baño. Desde luego, no se lo iba a poner fácil.

Ethan la siguió hasta el salón.

–No me irás a decir que tú no me quieres.

–¿Y qué diferencia habría? –le espetó Lizzy guardando el neceser en una maleta–. Esta relación no tiene ningún sentido.

–¿Desde cuándo tienen sentido las relaciones? Lizzy se giró hacia él y lo miró confusa.

–No paro de pensar en lo que hay entre nosotros, pienso una y otra vez en lo que ha ocurrido, intento dilucidar cómo hemos llegado hasta aquí.

–¿Hasta dónde?

–Hasta esto. Aunque ninguno de los dos quisiera al principio tener un compromiso serio, de alguna manera, se ha producido.

–Nunca habíamos hablado de ello.

–No hablar sobre el futuro no impide que suceda de todas maneras.

Lizzy tenía razón. Su futuro había llegado de manera tan gradual y suave que Ethan ni siquiera se había dado cuenta.

–Al principio, pensaba que eras la mujer perfecta para mí porque eres guapa, divertida, fantástica en la cama y tan reacia a tener una relación como yo.

–¿Y ahora ya no te parezco la mujer perfecta para ti? –contestó Lizzy frunciendo el ceño.

–No, ahora sé que lo eres, pero por razones diferentes –contestó Ethan acercándose a ella y tomándola entre sus brazos–. Te quiero, Lizzy, y quiero que nuestra relación funcione.

Lizzy se aferró a él y escondió el rostro en su pecho.

–Yo, también.

–¿Yo también qué?

Lizzy levantó la cabeza y sonrió.

–Yo también las dos cosas. Te quiero, Ethan. No

era mi intención enamorarme de ti, pero ha sucedido.

—Pues tenemos un problema.

—¿A qué te refieres?

—No pienso permitir que mi hijo o mi hija crezca sintiéndose como yo.

—¿Cómo?

—Ilegítimo, incompleto. Por eso, voy a tener que dilucidar la manera de convencerte de que te cases conmigo. De verdad esta vez.

Lizzy sonrió.

—Pídemelo. A lo mejor te digo que sí porque ya tengo el anillo —contestó mostrándoselo.

—Se te debe de haber olvidado que me dijiste que jamás te casarías con un miembro de la familia real. Creo que tus palabras exactas fueron que te parecería agobiante y claustrofóbico y yo soy un miembro de la familia real, me acabo de dar cuenta.

Lizzy tomó aire y se quedó pensativa, como si estuviera considerando seriamente la situación, pero sonreía feliz.

—Supongo que, en teoría, como sólo eres mitad real, podría hacer una excepción en esta ocasión.

—¿Supones?

Lizzy sonrió.

—¿Por qué no me lo pides y sales de dudas de una vez?

Ethan se arrodilló frente a ella porque se lo merecía y porque se lo había ganado, la tomó de la mano y se dio cuenta de que Lizzy estaba temblando. No sabía si era de miedo o de emoción. Tal vez, las dos cosas.

Lo único que sabía era que lo que estaba haciendo era correcto.

–Estoy contento, muy contento –le dijo sonriente–. Lizzy, ¿te quieres casar conmigo?

–¡Claro que sí! –exclamó Lizzy pasándole los brazos por el cuello y dando rienda suelta a sus sentimientos por fin.

Ethan se puso en pie y la besó. Jamás había estado tan seguro de nada en su vida. Desde que había conocido a aquella mujer, su vida no había vuelto a ser la misma.

–Tengo una idea –propuso Lizzy mordisqueándole el labio inferior–. Como nos vamos a casar, ¿por qué no empezamos la luna de miel ahora mismo?

Ethan se rió, la tomó en brazos y la llevó hacia el dormitorio porque él estaba pensando exactamente lo mismo.

–Cuanto antes, mejor.

Deseo™

Superando secretos

Emilie Rose

Ocho años después de que él le des-
trozara el corazón, Andrea Montgo-
mery decidió vengarse comprando a
Clayton Dean en una subasta benéfi-
ca de solteros. Estaba decidida a im-
presionarlo y tentarlo, pero tener a
Clay tan cerca pronto le hizo darse
cuenta de que no era ella la que ma-
nejaba los hilos.

Clay sabía por qué Andrea había pu-
jado tanto por conseguirlo: quería
respuestas, entender por qué él había
puesto fin a su relación. Pero la verdad podía ser devastadora...

**Ambos podían verse obligados a pagar un precio
muy alto**

Julia™

La periodista Juliet Madsen había sufrido varios desengaños amorosos y, de hecho, había huido de Dallas y se había instalado en un pueblecito de Texas huyendo del amor, pero no contaba con conocer al ganadero Matt Sánchez.

Matt era inteligente, sensual, leal a su familia y muy entregado a su hija adolescente, cualidades que ella siempre había buscado en un hombre.

El problema era que su jefe le había pedido que escribiera un artículo sacando a la luz ciertos trapos sucios de la familia de Matt y Juliet sabía que si él se enteraba, ella perdería lo que siempre había querido tener: una familia.

Amor traidor
Stella Bagwell

Amor traidor

Stella Bagwell

Él jamás la perdonaría por su traición

Bianca™

De noches frías y solitarias...
a noches ardientes de pasión

Rachel era una madre divorciada con una hija difícil y un ex esposo irresponsable.

Después de conocer a Joe Méndez, su vida dio un vuelco. El irresistible carisma de Joe, su atractivo y su descarnada sexualidad la hicieron salir de su caparazón y adentrarse en un mundo de exquisito placer. Rachel se convirtió en su amante entregada y servicial, pero... ¿se convertiría en su esposa algún día?

HARLEQUIN

Bianca™

Noches de satén
Anne Mather

Noches de satén

Anne Mather